初恋品鑑師

初野晴 著

春&夏推理事件簿
ハルチカシリーズ

初恋ソムリエ

目錄

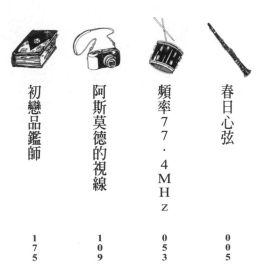

春日心弦

一匹上了年紀的老馬被人賣去拉磨。老馬想像著自己繫在磨邊的身影，哀嘆起悲慘的命運。牠曾度過賽馬場上繞圈競跑的燦爛生活，現在卻在石磨邊繞圈。老馬想，這種落魄的模樣多悲慘啊。

——這是何時的記憶呢？家裡曾經有人爲我朗讀這個童話。

我的家族滿溢著祖父支配的嚴峻氣氛，爸爸忙碌得一個月僅回來幾天，而且總會帶回一大堆跟班。但兩人都對我很溫柔，只要我跟他們討玩具或衣服，幾乎都會買給我……啊，總算想起來了，是媽媽念童話給我聽。媽媽出生望族，在優渥環境下成長。媽媽在大學時代獲選校園美女，年紀輕輕就結婚。同時，媽媽自言自語的時刻逐漸增加，我還不到十歲時就離開家……

她爲什麼獨自朗讀這種童話，又爲什麼講給我這個還有大好未來的孩子聽呢？雖然媽媽離開了，但家族很快恢復原狀，因爲爸爸再婚了，結婚對象比媽媽更年輕貌美。接著，我多了一個弟弟，家裡比以前更熱鬧。

現在想想，我從那時候起就被詛咒了。我們每天都會長大一點，但不知人生哪一個時刻起，「長大」代表著「變老」。

我不想變得像媽媽一樣，也無意變得像無法忘懷議員時代餘暉的祖父，或高估自己工作實力的爸爸。若不想變成那匹拉磨的老馬，只要邁向隨著年齡一同成熟、精練的技術或文學、藝術相關的未來就行了——

我決定踏上音樂這條充滿苦難的道路。

1

各位新生：

歡迎你們來到縣立清水南高中！想要清新、熱誠、賣力參加社團活動的新生，這本手冊刊有社團招生日程。無論是還在猶豫參加哪個社團的你，還是已經決定好心中所愛的你，我們都誠摯期待你的參加！

全體文化社團　敬上

文化社團一行人聚集在教職員辦公室，像罪犯一樣垂著頭。

生輔組的老師拿著捲起來的手冊敲著掌心，瞪向所有人。他是一位彷彿連頭蓋骨下方都滿是肌肉，很適合將竹刀當裝飾品的老師。我忍不住懷疑，在教師甄選中是否保留生輔組專用的特別名額。換句話說，他光從外表看就很恐怖，比其他老師更恐怖。在老師面前，報刊社、硬筆畫社、花藝愛好會、鐵道研究會、天文觀測社……等平時活動樸實又不起眼的一行人排排站著反省。

管樂社的我獨自站在隊伍末端，盡量遠離其他人，視線投向窗外。一片輕薄透明的花瓣宛如將春天捎來的信箋，緊緊貼在窗戶上。這股恍惚感是什麼呢？春假眞不可思議，這幾日好似在學校生活中鑿了一個窟窿的晴空亂流。窗外路上走著入學前採買好物品、丈量完制服尺寸的新生與家長背影。通往正門的路上種植著成排樹木，櫻花就不用說了，還種著梅花、大花山茱萸等會盛開花朵的樹。

「沒要你們跪著就該慶幸了。」老師發自丹田的破鑼嗓子將我拉回現實。我以爲他對東張西望的我說話，但不是。「說起來，社團招生按規定要到四月的第二週才開始。」

聽到老師這句話，一名圍裙染著墨漬的社員噘起唇。她是硬筆畫社的小希，和我同年級。排成一列的眾人也馬上露出不服氣的表情。

「怎、怎樣？你們有話想反駁嗎？」希發出並非反駁，而是憤恨的聲音。「……明明每年都會睜一隻眼閉一隻眼的。」

「對啊。」現場醞釀的不滿感染上她身邊整排人。

「爲什麼唯獨今天被罵？」「明明都碰到一年級減少一班的嚴重狀況了。」「這對我們來說可是事關存亡的問題。」「老師根本不懂。」「老師一點也不明白我們的難處。」

「在這邊拖拖拉拉，新生都要跑光了……」

微弱，但無止境的抵抗開始了。

學校內部有不須刻意招人，新生也會自動聚集的熱門社團，也有須大肆宣傳的冷門社團。前者是網球社、足球社等規模龐大的運動社團，後者是如今在場的小眾文化社團，因此我們自然要賣力招生。往年有一個不成文規定，文化社團能夠在新生正式入學前就展開招生，老師通常會放過一馬。

生輔組老師用捲起來的手冊在掌心重重一敲發出聲響，然後忿忿地嘆氣。

「凡事都有限度。家長抗議了。」

「……抗議？」希抬著眼重複這句話，她臉上有抓傷。

「你們在體育館走廊上搞出一堆雜音。」

「老師指的是發手冊跟傳單嗎？我們那時的確有點亢奮。」

「亢奮過頭了。像成龍的木人巷一樣大鬧是怎麼回事？」

眾人面面相覷地細語：木人巷？你們聽過嗎？沒聽過吧。

生輔組老師的喉嚨深處發出呻吟。「還有其他抗議。你們那身裝扮怎麼搞的？」

鐵道研究會成員穿著蓋滿印章的T恤，花藝愛好會成員戴著花環與花做的首飾。雖然誇張，但若不打扮得讓人一眼就覺得有意思，社團就無法生存。大家上週末得知一年級從今年開始減少一班，因此格外對招募社員湧出危機感。接著，社團中傳出一聲長長的嘆息，全身撲滿白粉、穿紅色兜襠布的男學生踏前一步。他是戲劇社社長，與我同年級的名越。

「您不會用服裝或外表判斷他人吧，老師？」

「貧困的戰後另當別論，在現代，服裝或外表都是貴重的情報之一！」

生輔組老師搖晃著名越的雙肩，明明不該這麼做，名越卻抵抗起來，紅色兜襠布的綁繩差點鬆開。隊伍中傳出尖叫。老師連忙綁好繩子，眾人剛放下心，老師馬上發出彷彿快哭出來的聲音。

「還、還有第三則抗議。中途闖入大喊『男人在哪，我要男人』的女學生是誰？」

我稍稍舉起手。

「穗村，妳竟然……」

我用力搖頭試圖辯解，此時，希祖護我地站出來。

「請不要誤會千夏，她不是自願說出這種話的。要到達『男人在哪，我要男人』的境界，中間須跳過一段很長很長的過程。」

「管樂社眞辛苦呢。」天文觀測社的社長同情地走近我，大家也跟著聚集過來。

「不只社員少，還都是女生，對吧？」脖子掛著單眼相機的報刊社社員替我說明。

「要到達這種境界到底是跳過什麼樣的過程？」穿著紅色兜襠布的名越加入對話。

「跳過開頭跟中間以及最後就會變這樣。在分秒必爭的招生世界中，省略是無奈之舉。」聽到希的傾訴，名越回應：「……我不懂。不過算了，下次短劇好像用得到這個。」他從紅色兜襠布中拿出靈感筆記本。

「說完了嗎？」生輔組老師介入我們。「就算用這種說法總結你們奇特的行爲，我還是很頭大。拜託，變回一年前剛入學時的乖孩子，可以嗎？」

再也無法變回乖孩子的我們，被老師嚴正訓斥約三十分鐘後，一個接一個離開辦公室。

2

停下腳步回顧過去只是一個瞬間，瞬間並不存在所謂的快或慢。

因此，面對升上高中後轉眼過去的一年，我不想說喪氣話。

我是穗村千夏，國中時代參加全年無休、像二十四小時營業的日本企業般嚴苛的排球社。連職業運動都有休賽季，排球社的狀況再怎麼想都令人火大，所以我決心趁升高中的機會進入有女性氣質的社團。我一手拿著奶奶買給我當入學賀禮的長笛，敲響管樂社的大門。管樂的門檻不像古典樂那麼高，也沒有限制音樂類別，吹爵士樂還是流行歌都可以。如果是管樂器，就算高中才開始學應該也能吹出幾聲，我想自己還爲時未晚。

循著屋頂傳來的法國號音色，我走上春假時空蕩蕩的校舍樓梯。法國號是種難以吹出所有音調的樂器，但這傢伙剛入學就會吹出三十二拍長音的無聊特技，學長姊也大吃一驚。他能視譜吹奏，高音域也不會失準。

我在樓梯平台停下腳步，靠在牆邊地側耳傾聽法國號。風從敞開的窗戶吹進，風壓拂開我的劉海。春季空氣還有些冰冷。我在國中時代適合得過份的短髮，現在也長到肩頭了。

我回想起這一年間的事。

管樂社由於社員不足，一度站上瀕臨廢社的懸崖。我們跨越危機的原動力，來自一位我們入學時到任，同時也是音樂科罕見的年輕男老師。他是草壁信二郎老師，二十六歲。學生時代曾在東京國際音樂比賽指揮部門中得到第二名，眾人期待他未來成爲聞名世界的指揮。然而海外留學歸來後，他捨棄過往所有經歷，消失了好幾年，之後到這所學校擔任教職。理由不明，他本人似乎也不願提起。唯有一件事清楚明瞭，他是我們管樂社的溫柔指導老師。即使擁有強大的經歷，他也一點都不驕傲自滿，會使用配合我們年紀的用詞說話，讓人非常開心。當然，管樂社社員都很仰慕老師，而我還知道很多很多大家都不知道的草壁老師優點。

我們跟草壁老師爲了招募社員而四處奔走，秋天時雙簧管演奏者成島、冬天時薩克斯風演奏者馬倫，這兩位優秀同伴加入了團隊。成島曾參加日本業餘管樂界中的最高峰競賽，俗稱普門館的全日本管樂競賽全國大會；中裔美國人馬倫則有一位原爲職業薩克斯風演奏者的父親。兩位即戰力加入，影響力大到促使聽到傳聞的管樂經驗者在結業典禮前提交入社申請。

隨著社員增加，管樂社的成員暗自希望讓草壁老師再度站上公開舞臺，而且是普門館鋪著黑得發亮的石製地面舞臺。要是老師能以指揮的身份站上我們賭上青春的至高舞臺，那該多美好、多值得驕傲啊。我光是想像就滿心激動。

然而現實是，管樂社社員只有十七人。

一想到最初我們站在僅有五人的絕望起跑點，如今成長至此，內心就感慨良多，不過離通往全國大會的競賽A部門——上限五十五人的樂團編制仍相去甚遠。通常將全國大會當成目標的高中管樂社，早在二月就會準備好比賽指定曲的總譜跟分部樂譜，並且爲夏季預賽開始練習。管樂社的練習刻苦得不輸運動社團，在社團當中，留在學校的時間最長。我們連要參加上限三十五人的B部門都有困難，腳步完全慢了一拍。

嗡……頂樓傳來的法國號演奏突然改變。音域逐漸往下擴張，變成低八度爲主體的旋律。我們管樂社的低音部不足，上低音號、打擊樂器跟單簧管的樂器狀態破破爛爛，壞了也無法修理，就這樣沉眠在音樂準備室中。頂樓傳來的法國號樂音是那傢伙在有限的樂團編制中，思考著自己能以什麼形式做出貢獻而吹出。不只是他，每個人每天都爲了不知道能不能參加的大賽，在社團活動中努力。

諸如「我會努力唷」的姿態沒半點用處，一旦決定要做就要一頭埋進水槽不抬起頭，懷著這股氣勢的人才會贏。這是我從國中排球社時代學到的，現在的管樂社社員也都明白。草壁老師是我們的指導老師，若一次都拿不到普門館的挑戰權就畢業，未免太令人不甘心。這件事必會讓我們留下悔恨。

我不想讓夢想終止於嚮往。

若要放棄，我想認眞挑戰過後再放棄。我想進入A部門的地區預賽。

我們要踏出最初的一步，這是管樂社全體成員的決心。爲了大家，我也有做得到的事。

我握住通往頂樓的鐵門門把。

這裡平常禁止進入，若要使用就得到教職員辦公室借用鑰匙。但如我所料，今天門沒鎖。合唱社跟管樂社常在這練習，很容易找理由借到鑰匙。一推開沈重的鐵門，炫目的光與吹來的風包覆全身。循著法國號的音色，我在柵欄包圍的頂樓尋找那人。從總是在旁聆聽的我耳裡聽來，今天的音調好像不太柔和。

我東張西望，抬頭看剛剛走出來的樓梯間。附近浮著一層鐵鏽粉的鐵梯讓我猶豫，不過靠近一看就發現有抹布擦拭的痕跡。

我抓住梯子爬上去，探頭看見春太——上条春太的背影。

春太現在還叫我小千，他到六歲都住在我家隔壁，是與我在高中重逢的童年玩伴。此外，他也是讓瀕臨廢社的管樂社重振的另一位功臣。他放著右手的喇叭口朝著我。我用不輸法國號的音量呼喚春太，但演奏沒有停止。我再度呼喊，然而毫無反應。

他真的沒聽到嗎？我脫下一隻拖鞋，用力高舉過頭。

春太迅速轉過身，演奏就此停止。

什麼嘛，看來拖鞋尖映在擦得亮晶晶的法國號銅管上了。

「結果如何？」

春太過來朝我伸出手。他自然做出這種不像時下高中生的動作，讓我滿心佩服。我抓住春太的手，站上樓梯間頂。一陣風從下方吹過我們兩人，也吹亂了我的頭髮。我一隻手按住髮絲。

「……小千？」

春太的聲音成了耳邊風。我環顧四望，屏住氣息。光是登高幾公尺，天空就如此靠近，令人驚嘆。寧靜的校舍，湛藍的天空——我好像漂流到小小無人島。

我回神後注視春太。「完全不行。」

「不行是哪裡不行？妳究竟用什麼方式招人？」

我的那份失態就算撕爛嘴也說不出來。

「我說，現在加入的話，所有人都能成爲比賽時正式上場的成員。這樣的社團上哪找？……就這樣。」

我和春太同時嘆氣。

「太怪了，」彷彿經過裁切的藍天下，我咬著大拇指指甲嘀咕，「日本人口十分之一接觸過管樂對吧？照理說靠我自己也能輕鬆招到人才對。」

「妳把去年的艱辛當成什麼了。」

聽到他消沈的聲音，我縮起肩膀垂下頭。我明白，雖然我明白……

「果然還是得辦那個迷你音樂會嗎？」

「提議的不就是小千妳嗎？」

「也對。」

對我們管樂社來說，招募到本年度新生很重要，而這也是樂團編制是否壯大到有資格參加大賽A部門的緊要關頭。我們事先對同學的弟弟妹妹下過工夫，也曾走訪國中管樂社，但效果有限。此時想到的招募新生王牌之一，就是春太與馬倫的二重奏。新學期一開始，我們會打游擊般在校內舉行。

我瞄向春太。

春太抱著法國號，瞇起眼仰望天空。

他本人一直介意自己的娃娃臉跟不高的身形，但他天生擁有身爲女生的我發自內心渴望的一切。他有柔順髮絲與細緻白皙的肌膚，形狀優美的眉毛、纖長睫毛與雙眼皮，以及端正中性的容貌，硬筆畫社的希甚至噴著興奮的鼻息畫下他的素描；另一方面，馬倫身形修長，帶有一種讓人聯想到亞洲演員的靜謐氣質。就是要由這兩人演出二重奏。

我抱著化身黑心推銷員的心態，試著要他們在公園演奏。曲目選自當紅女子樂團的流行歌，厲害的兩人只看了跟輕音樂社借來的樂譜一天，就背下來又做了改編。見到跑步中的運動社團國中女生全駐足欣賞時，藏身溜滑梯後的我不由得握緊拳頭，確信演出——更正，招生會成功。雖然靠過來的八成都是女生，不過聚集到一定人數就會出現可能加入的新生。

但日子一天一天過去，我後悔起採用這種安逸招客方式。要是在招募新生這種關鍵時刻輕鬆度過，總覺得往後管樂社將出現致命缺點。這份直覺也是從國中排球社時代培養出來。

更重要的是，有一個無法置之不理的重大問題。

「會有很多女生爲你入社，當中或許會有積極的女生。要是得知你單戀的對象造成心理創傷，那該怎麼辦？」

長時間僅顧著眨眼的春太輕聲嘀咕：「這樣小千的工作會增加吧。」

我露出苦瓜臉。學校裡只有我知道春太的祕密。這一度導致春太拒絕上學，我當時出手相助。之後，我就被春太任命爲他的防爆小組。

「……感覺好像用捕蛾燈引誘可愛的新生，我有罪惡感。」

「捕蛾燈？這比喻眞不好聽。說到底，我只對比我大的人感興趣。」

我對這句話產生不祥之感，臉色一下發青。「我也喜歡比我大的人，不比我大十歲就不行！」忍不住吼出聲後，我才驚覺自己不小心跟這傢伙正面對抗了。

春太露出有些羞澀的表情，抓了抓後腦杓。「傷腦筋，這或許是童年好友的宿命，理想竟然完全相合。」

「我才不想跟你相合，我不要、不要！」我揪住春太的衣領。「你是在對我的青春挑釁吧？」接著我猛搖他的脖子。「拜託你，跟我以外的隨便哪個人交往！」

「哩圖難縮這什麼花（你突然說這什麼話），小先（小千）。」

「女生是很棒的，女生很棒哦！」

兩個單戀草壁老師的學生，在校舍最顯眼的地方展開醜陋的爭吵。四散操場的新生跟家長楞楞地抬頭。男女朋友？情侶間的小打小鬧嗎？唉呀，眞年輕呢。感情眞好。

我們兩人毫無意義地搞得上氣不接下氣。

「妳到底來做什麼的？掐我脖子嗎？」春太珍重地保護著法國號，眼中含淚地問。

「才不是。」我用力推開春太，從制服口袋拿出一張相片。

那是以正下方仰望校舍的角度所拍下的相片。周圍的櫻樹樹枝從相片兩側入鏡，柔軟的花瓣、高大的校舍與湛藍的天空，彼此保持著美麗的協調性。

「這是單眼相機的廣角鏡頭。」

凝神細看的春太兩眼放光，我掃興地想，你感興趣的是那裡啊。

「我剛才在教職員辦公室碰到報刊社的人，他給我的。」

「教職員辦公室？妳爲什麼去那裡？」

我的臉瞬間漲紅。

「這不重要。總而言之，他說這是早上八點多拍的。先說一聲，這是我們練習開始之前。」

「早上八點，報刊社啊……」春太的目光從照片移開，轉頭望向正門，細看新生與家長的歸途身影。「嗯，原來如此。」

「欸，看了這張照片，你有沒有注意到一件事？」

春太總算仔細觀察起來，不久，他的視線固定在一個點上。那是音樂教室的窗戶。雙層玻璃窗的另一頭，似乎照到一道背對鏡頭的人影。

「怎麼樣？這就搞清楚了吧？最近我們到音樂教室前，果然都會有人先入侵。」

入侵的痕跡從春假第一天開始出現。

春假期間，音樂教室上午分配給管樂社，下午分配給合唱社，一位最早到的管樂社社員負責開門。音樂教室的鑰匙在教職員辦公室，因此要先跟當天負責看管的老師說一聲，再拿鑰匙開門。然而，音樂教室的鑰匙數日都不見蹤影。那位社員以爲有人先到，前往音樂教室一看，發現門鎖著進不去。社員疑惑地回到辦公室，才看到鑰匙放在原位。

總是一大早就到教室的管樂社社員很可憐。她以爲自己耍笨，在一樓的辦公室跟四樓的音樂教室間往返好幾次。

「太好了，這樣小千的疑惑就得到解答了。」

春太說，我連連點頭。

「簡單來說，就是小千一直跟前一位借用音樂教室的人擦身而過。」

我再度點頭。春太呼出一口氣地繼續說：

「一方面是負責看管鑰匙的老師疏於確認，此外，老師也不會一直監視牆上的鑰匙盒，有時也會離開辦公室……」

「你是說，有人不告而取？」我不太高興。我可是乖乖遵守規定呢。

「會不會是自由進出學校的相關人士？」春太說。

「不是老師。我向校內所有老師確認了。」現在是春假，「所有」其實也沒幾個人。

「那就是學生了。」

「一大早？一般學生都在家裡盡情睡回籠覺吧？」我不肯罷休。「說到底，管樂社以外的人比我先到音樂教室，究竟有什麼事？」

「八成是比回籠覺更重要的事吧。」

春太格外乾脆地帶過這個話題，我發現他不太執著這件事。你這傢伙給我等一下，在杳無人煙的校舍中，我很可能跟那個不知名的人物正面撞上哦？這感覺令人發毛，若那是禽獸般的男人，會傷害我怎麼辦？

視而不見我的不安，春太甩著那張照片，嘴邊浮現微笑。這笑容眞不舒服。

「什麼啦……」我漸漸煩躁起來。

「不，什麼事都沒有。」

春太揉著鼻頭地含糊帶過。

什麼嘛什麼嘛，我找草壁老師商量前先選擇找這傢伙，眞是笨蛋。

「算了。」我小聲說完準備回家，此時春太連聲抱歉地叫住我。

「沒事，妳完全不用擔心。」他的聲音平靜，眼神認眞。

「咦……」

「那個學生，大概——」春太閉上眼睛，準備說下去。

「……大概？」我屏息以待。

「對我們而言，那是春季的幻影。」

「啥？幻影？」

這實在太莫名其妙——但他意有所指地認眞說出這句話，我滿心疑惑。此時我還無從得知背後的眞正意涵。

「抱歉，麻煩說得好懂一點。」

「妳難道沒聽過格林童話〈小精靈與老鞋匠〉嗎？那個學生爲了貧困卻虛心練習的管

樂社，一大早就偷偷來打掃音樂教室，或幫忙修好壞掉的樂器。好溫馨，眞想說給獨占預算的足球社跟棒球社聽。」

是呀，眞想說給文化社團的大家聽呢。

「我要踹你嘍，一、二——」

遭人危害之前，我決定至少要對這個笨蛋施加一點危害時，含著小小吹嘴的春太突然吹起開場號角。我不由得嚇一跳，轉頭望去。彷彿呼應法國號的開場號角，管樂器中最宏亮的中音薩克斯風，以及人聲般的雙簧管音色隨之響起。是成島跟馬倫。大家在這個時間四散在寬廣的校內做個人練習。我知道這三人有時會在一聲信號後，展開即興合奏。

「你、你們突然搞什麼？」

「多虧小千，看來可以解開另一個春假中的謎題了。」

張口鬆開吹嘴的春太注視著對面的舊校舍。另一個春假中的謎題？我當場眨眨眼。宛如覆蓋在面前的薄霧頓時消散，我發現一件事。

爲什麼春太在這麼高的地方練習？

今天的音調不太柔和——我剛才這麼想，是因爲這裡是學校頂樓，而且是樓梯間頂最高的位置。周圍空無一物的空間不適合練習法國號。法國號的喇叭口朝後開，若沒有反射聲音的牆壁或物體，聲音就不夠圓潤。更重要的是，難保不會因爲在鐵梯爬上爬下時摔到重要的法國號。

我的目光移動到春太腳下。那裡放著夾進資料夾的分部樂譜，以及呈圓錐狀散開的活頁袋。我發現一個奇妙的東西，那是折疊式望遠鏡，我以前在管樂演奏會用過……

「其實從昨天開始，有一個樂器加入了我們的合奏。」

說完，春太含住吹嘴。

他以雙吐運舌吹出正確的節奏，接著木管樂器的中音薩克斯風籠罩他的音色，樂音因此變得更加厚實。雙簧管插入兩人低音演奏的主題，清流般沖洗出一道獨奏。接著，中音薩克斯風追隨著雙簧管的旋律，而牧歌式的法國號保持著一段距離掌握節拍。在操場上練習的棒球社社員一陣疑惑。這三個樂器的組合很罕見。雖然音域可以配合，但我有點難想像加入雙簧管的三重奏樂曲。大概是比較強硬的編曲吧。

不出我所料，中音薩克斯風以加快節拍爲起點，三人的樂音開始爭相主張各自的強烈個性。「我不會讓出主導權哦」，中音薩克斯風這麼說地以積極的顫音撼動校舍；「麻煩配合一下我的音高」，雙簧管帶著纖細的心靈如此訴說；「重要的是平衡，我們好好配合吧」，法國號大力主張。

樂音與樂音的演奏間，彷彿聽得到這些聲音表情。不過，音量略顯不足的雙簧管在其中的確很吃力。

我出神聆聽好一陣子，突然屏住氣息。

舊校舍的某處出現爲雙簧管助陣的旋律。那是柔和的樂音。小提琴般與雙簧管同樣纖細的音色乘風而來。而雙簧管隨即反應，兩道重疊的樂音有如力抗中音薩克斯風，演奏出滿溢情感的顫音。操場上的棒球社社員聽得入迷，停止動作，我也忘了時間的流逝。我好像在哪裡聽過中途加入的樂器，但一下想不起來。這是我們管樂社沒有的聲音……

在春太的目光示意下，我馬上撿起折疊式望遠鏡。尋找聲音時，我腦中浮現沉眠在音樂準備室中的單簧管。不可能吧。那支單簧管已經破破爛爛，管身還有裂痕。由於沒有人吹，至今都沒送修。

我用望遠鏡掃過舊校舍。當我不耐起來地調降倍率，隨即在二樓走廊看到一個短髮女生身影。我試著調高倍率，她的側面特寫映入眼中。那是讓人聯想到貓的少女，略顯狹長的眼眸也帶著挑釁味道。她佇立在半敞的窗邊，吹奏木管樂器。大小約與長笛相同的豎笛外型，看起來確實是單簧管。

雙簧管將獨奏讓給她，輕盈、飛快且獨特的運指在望遠鏡的視野中展開。我滿心敬佩。運用將半音再分割成一半的音程，她展現出毫無失誤的即興演奏。

她的技巧如此高明，照道理我至少聽過她的名字，然而我完全想不到。先不要說日本人口的十分之一，每年入學的學生中相當多人接觸過管樂是事實。但有相關經驗的人上高中後是否會繼續吹奏則是另一回事。對社團活動失去興趣、加入國中沒參加的運動社團，這些案例意外很多。我們最初招募社員時，就是碰到有相關經驗的人，成島跟馬倫也包括在內。

若是她這種水準的演奏者，我照理說應該聽過傳聞，更別提她吹的還是單簧管。

「……春假期間到校補習的學生嗎？」

我將望遠鏡抵在雙眼上輕聲說。春太似乎張口離開吹嘴。

「從小千說的來推測，應該就是這樣。總算能夠理解了。」

這樣就能明白她一早到校的理由了。我吞了吞口水。

「……現在還是補習時間吧？」

「她大概覺得無聊而溜出教室。」

「難道她腦袋不靈光？」

春太吹出的法國號泛音發出「噗」一聲跑調了。

春季的幻影。

希望她一直在那裡的願望只是徒勞，總有一天會以虛幻一夢告終……她被老師逮住，在激烈抵抗中押到補習教室爲止，春假校舍內的奇妙四重奏始終未歇。

3

我前往音樂教室隔壁的音樂準備室。

有音樂教室的鑰匙就能從裡頭的門進入。我想弄清楚她這段期間究竟有何目的，一大早就借用音樂教室的鑰匙。

來到走廊上，盡頭的音樂教室傳來合唱社的歌聲。「不管是青蛙~還是兔子~」他們伴著節奏輕快的鋼琴聲唱流行歌組曲。選曲淨是副歌最精華的段落，我猜得出他們要在社團活動說明會上表演。管樂社可不會輸。

避免打擾到合唱社練習，我從走廊進入音樂準備室。空間塞滿各種樂器，氣味刺激著鼻腔。合唱社社員因此始終皺眉不願接近，這裡就成了管樂社的聚集處。

準備室待著一名保養小號的男學生，他是片桐社長。學長的特徵是身材瘦小、臉色蒼白，也是僅有的三個男社員之一。不知道是不是天生勞碌命，他的信條是服從強者方爲上策。合唱社練習結束後，管樂社就要借用音樂教室到放學。我知道他通常會先在這裡等。

「……咦，穗村？」

「社長。」

遇到他正好。我將事情告訴片桐社長，接著確認充當樂器倉庫的不銹鋼櫃。上低音號、低音管、短笛——我在因社費不足而延後修理的樂器櫃中翻找。

「如果是還沒送修的單簧管，我放到別處了。」

片桐社長指向其中一個樂器袋。我彎腰拉開拉鍊，然後瞪大眼睛。空的。而且看得出壞掉的單簧管被拿走的痕跡。

「果然不見了。」

頭上傳來春太的聲音。我訝然轉頭，同時發現成島跟馬倫，大家都彎腰細察。

「……她不告知一聲就拿走了嗎？」成島側過頭。彷彿一年修剪一次的樸實長髮蓋住她戴著眼鏡的大半張臉。

「就算她想修理，也要有技術才行。」馬倫溫和地說，語氣中不見他吹奏中音薩克斯風時的雄壯氣質。他屈指計算，繼續用流暢的日文說：「更換皮墊、清潔音孔與管體、滴上按鍵潤滑油、更換軟木塞，最麻煩的是最後調整。」

「能做到這種事的人……」成島露出心裡有底的神情。

「限定在這所學校的學生，就只有她了吧。」馬倫表現出同樣態度，環抱起胳膊。

默默傾聽兩人的春太輕聲插嘴：

「你們說芹澤直子吧？她應該有參加春假補習，之後讓小千驗證看看就行了。」

舊校舍的女生身影浮現腦海。原來她叫芹澤……

「等一下。」片桐社長從後方抓住春太的肩膀。「芹澤是那個一年級的芹澤嗎？你們說她擅自拿走單簧管嗎？」

他聽起來彷彿想保持距離。一年級？既然如此，表示她和我同年級。難道只有我不認識她嗎？我東張西望地環顧每人。

「我記得成島的體育課跟她一起上？」馬倫問。

「上排球跟籃球的時候，她都會大方請假。可能有點過於神經質吧。」成島將長髮撩到耳後回答。

「這麼說來，我結業式前看過好幾次她跟草壁老師在一起。」春太突然說。「他們好像談了什麼嚴肅的話題。」

「眞假的，她明明至今為止完全不肯接近我們。」片桐社長不快地吐出這句話。

「暫停！拜託讓我加入你們的對話。」

片桐社長嘆口氣。

「……妳想知道芹澤哪方面的事？」

「社長，你很了解她嗎？」我反問。

「芹澤家是地方仕紳，我記得她祖父是前任國會議員，父親擔任建設公司的社長。」

總覺得很厲害。

「社長千金為什麼讀這種公立高中？」

「誰知道，我想得到的理由就是離家近。她國中也是這樣。」

離家近？意思是可以早點回家嗎？

「她跟社長讀同一所國中嗎？」

「算是。」

這是別具深意的說法。我還是先問了我最在意的事：

「那個，她似乎相當會吹單簧管……」

「妳知道勇者鬥惡龍這個遊戲嗎？就拿這個來比喻演奏能力好了。假設穗村等級一，上条跟成島五十級，那她就是九十九級。」

我湧起一股插嘴的強烈衝動，但忍住了。我轉頭面向春太跟成島，用目光向他們傾訴。我可是被說成這樣哦？

「哎，說成這樣也沒辦法，畢竟基礎不同。」春太嘀咕。

「她的鋼琴想必也彈得很好……」成島也點頭附和。

咦、咦？我也不傻，聽到這裡，我總算理解芹澤追求的事物。

「她的目標是職業演奏者嗎？」

「她是以完美職業演奏者爲目標的人。」春太嘆氣回答。「小學就獲得專業教育，當然會應屆考進音大，也早已著眼未來，所以不管國高中讀私立還是公立都沒差。」

片桐社長憤慨地下結語：

「她是徹頭徹尾的反管樂社派，輕率找她攀談可會遍體鱗傷。」

「……遍體鱗傷？」突然迸出很危險的形容詞，我緊張起來。「熱、熱愛音樂的人不會討厭管樂社。大概吧，肯定是這樣。」我的聲音顫抖。

片桐社長哼一聲。「去年我母校的管樂社社員只不過是請她協助演奏，就被她罵到哭著回來。」

我無法想像被罵到哭著回去的景象。我望向春太。

「妳要我從反對派的立場說明嗎？」

他露出露骨的厭惡神情。在片桐社長的催促下，他帶著不甘不願的表情說：

「音樂有眾人合作的一面，也有獨自奮戰的一面，兩方想法很不同。以職業演奏者爲目標的人大抵都屬於後者。這種人應該不會把管樂社當成提昇水準的環境，而且如果接觸樂器的契機是在家庭，社團活動會讓他們加倍痛苦。」

「爲什麼？」

「學校管樂社很多第一次接觸樂器的人，以及沒什麼樂理素養也照樣吹奏樂器的人。

無論自己演奏得再怎麼高明，若水準遠低於自己的眾人沒進步，能力就不會受到認可。如果是在交響樂團，獨奏技術高超也會得到好評，但管樂就不是了。我想對她來說這很難忍受。而且她或許不希望這段關鍵時期被社團占據，通常十五歲後半是技術能大幅增長的時期……」

自己好像受到責備，我的胸口一陣刺痛。

「怎麼樣，小千，熱血沸騰起來了嗎？」

「還、還沒有。」

「目標進入職業圈特定分部的演奏者，他們對其他樂器沒什麼興趣。他們不享受管樂的醍醐味之一——以棒球來說就是捕手、投手、三壘手、指定打擊這種團隊合作精神。他們只會冷眼相待沒技術的演奏者，顧好自己而拚命練習，這樣就會得到回報。」

這是我不了解的世界。

「在管樂中，眾人齊奏彌補小失誤很重要。管樂是由木管與銅管組成樂團，音質相似，融爲一體就不會出現太大差異；可是，有些人無法忍受自己的聲音融入整體。」

「大家一起提升技術不就好了。」我嘗試奮力抵抗。「我也會努力，不管多別人三倍還是四倍的努力，我都願意做，我不會扯大家後腿！」

糟糕，眼淚快掉下來了。

「如果要說這種程度的努力，她從小學就持續到現在了。」

這種程度……我的臉上血色盡失。

「說現實點，音大入學考有時也要鋼琴技術，除了自己主修的樂器，也須挪出其他練習時間。」

我受到致命一擊地垂下肩膀。片桐社長繼續說：

「我的堂姊妹都從音大畢業，我自認對那裡的嚴酷有一定理解。跟美術大學或語文大學等專門科系相比，音大就業選項大幅縮減。舉個極端的例子，妳身邊的社會人士有音大出身的上班族或主管嗎？抱持信念進入音大的人都抱有不同凡響的覺悟，也很難相處。啊，最後一部分妳就當作講我的堂姊妹，笑一笑就算了。」

笑不出來。

「如何，小千，熱血起來了嗎？」

「……要是繼續聽，我可能再也振作不起來。」

我吸著鼻涕，偷偷觀察成島跟馬倫的神色。他們的技巧那麼高明，爲什麼要跟我們廝混呢？不會覺得礙事嗎？如果是這樣就說出來吧，我承受得住。

成島稍微別開視線。「我喜歡跟伙伴一起演奏。音樂又不是什麼高尚的事物，照理說不收錢、大家一起同樂才是音樂的原點。」

「要論快樂的話，管樂才是最棒的。」馬倫開朗地接口。

回過神時，我已經緊摟住他們，腦袋蹭啊蹭。我絕不會讓你們後悔。我會努力，招募更多社員，讓社團能參加A部門的地區預賽。

我鎮靜下來，望向片桐社長跟春太。「我復原了。」

「妳還眞好搞定。」
不理傻眼的片桐社長，春太彎腰拿起空空的樂器袋。
「假如是她做的，現在又是吹了什麼風？」
「是芹澤跟我們合奏，對嗎？」馬倫問春太。
「我想是這樣。」
馬倫支著下巴，露出思考的神態。
「怎麼了，馬倫？」成島問。
「……如果是這樣，她的演奏方式說不定改變了。」
「什麼？」
「啊，對。成島跟上条去年春天才搬來，不認識國中時代的她。她國三就參加職業樂團了。那個樂團曾在市內音樂廳舉辦音樂會，我跟爸爸聽過一次。」
春太睜大眼睛。
「然後呢？」
「我不知道該怎麼說，她現在好像往不好的方向改變了，有炫技的感覺。」
我想起望遠鏡另一端那謹愼細碎的運指，彷彿全心專注於指尖不要犯錯。現在回想起來，她的模樣或許透露出炫技的訊息。
馬倫說：「這種職業演奏者不勝枚舉。她國三就登上職業團體的舞臺是因爲豐富的聲音表情，或說音樂性和藝術性。」

「這麼說來，她樂句起頭走音好幾次。」成島狐疑地低喃。

「大概碰到低潮了。」片桐社長想以這句話總結。

「……我不清楚她是不是低潮，」成島露出奇妙的表情地開口，「不過，她就在隔壁班，傳聞很容易過來。聽說第二學期期中考那陣子起，她的成績大幅下滑。她文科本來都是全年級前五名。」

原來她的腦袋這麼好？

「她這種人不會浪費時間，平時都會專心聽課。」

這好像在說成績平平的我一直在虛度光陰。

音樂準備室的合唱社歌聲中，馬倫溫和的聲音響起：

「不過是成績跌出前幾名，她就得補習嗎？」

成島搖頭。「大概是缺席日太多。她跟人談話時好像突然變得牛頭不對馬嘴，開始躲避同學，自我孤立。她第三學期請了很多假。」

我抓住春太的制服拉了拉。

「欸，你看過芹澤跟草壁老師兩個人單獨談話吧？」

「對，好幾次看到他們走進學職涯發展輔導室。」

「學職涯發展輔導室？」片桐社長、成島跟馬倫驚訝地異口同聲。

我向春太招手說「過來一下」。我們一起到音樂準備室的角落後，我小聲問：

「爲什麼你這麼碰巧遇到他們談話？」

「因爲我每天都要看到老師的臉好幾次才能靜下心。」

春太回答得一臉認眞，我全身發毛。

「……眞搞不懂，一年級就要學職涯發展輔導？那是她嗎？」

聽到片桐學長的聲音而回過頭，我猛地訝然睜大眼睛。片桐社長對面，靠走廊側的毛玻璃門上映著一道深色人影。對方似乎一直待在走廊上，豎起耳朵偷聽裡頭的談話聲。春太、成島跟馬倫也注意到了，全身一僵。

門「嘰」的一聲敞開，一名短髮女孩在偷看。那是剛才在望遠鏡中看到的臉。她隨即「砰」一聲關上門，霹哩啪啦地踩著拖鞋在走廊上奔馳而去。

「等等、等等，芹澤——」

片桐社長連忙追上。剛才果然是芹澤在校舍二樓吹單簧管。

過一會，片桐社長抓著芹澤的手臂硬拉她回來。她拿著音樂準備室遺失的單簧管，另一隻手提著書包。她比一百六十五公分的我高一點，狹長的眼眸散發出不容他人輕易靠近的氣息。

合唱社的歌聲跟鋼琴伴奏在音樂教室中停止，芹澤甩開片桐社長的手，不知爲何直線走向我。她一副要我拿去似的，不發一語地遞過單簧管。大家都把臉湊近。單簧管已經修好了，恢復順利吹奏的狀態，裂開處則用快乾膠固定。原來有這一招。

我正想恭恭敬敬接下時，單簧管就被她壞心眼地舉高，形成吊胃口的局面。

「不是該說謝謝嗎？」冰冷的聲音劃開芹澤的唇瓣。

「拜……」我的嘴一下張一下闔。

「拜？」芹澤蹙眉。

「拜託妳，請妳入社吧！」

我撲進芹澤胸口，她慌亂地喊起來：「妳、妳妳妳、妳在做什麼？」

成島努力拉開我。「我很喜歡穗村這種沒節操的一面哦。」

「剛才到現在的說明是為了什麼啊。」片桐社長嘆氣，向芹澤道歉。「……對不起，我們在談論妳。」

芹澤稍遲做出反應，她不悅地皺起眉頭，好像想說什麼又閉上嘴。然後，她下顎一揚，臉朝我湊過來。

「妳就是一年B班的穗村？」

感受到蛇盯上的青蛙心境，我點頭點到脖子快斷掉。

「這一年間，瀕死的管樂社都以妳為中心旋轉。」

「妳觀察得真仔細。」

春太跟馬倫敬佩地點頭，片桐社長垂頭喪氣。

「妳曾在體育館的舞臺上跟戲劇社對決。」

「別提了！」我摀住臉。

「還跟發明社一起做詭異的事。」

「啊！」我抱住頭。

「不過，我更久以前就認識穗村妳了。」

「咦……」

「妳不記得去年四月的事嗎？」

我那麼早就遇到芹澤了？騙人吧？我不停眨眼。眞抱歉，我不記得了。

春太悄聲耳語：

「她快遲到搭著私家悍馬車到學校時，差點在正門前方碾過小千。」

那輛有如裝甲車的進口車在我的記憶中復甦。

「原來是妳！」

「……妳這樣不行啦，小千。這都是因爲妳拿了司機給的奶油麵包就答應和解了。」

聽到春太的耳語，我紅著臉縮起身子。聽起來很開心的嘻嘻輕笑傳進我耳中。我抬頭一看，原來芹澤在笑。不知道是我的模樣很好笑，還是單方面說完想說的話就滿足了，她屈起的食指指背貼在唇上。

「那個，謝謝妳幫忙修好。」

成島踏前一步道謝時，芹澤馬上警戒地將單簧管藏到背後。她凝視著音樂教室。在鋼琴的伴奏中，合唱社的練習再度開始。

「怎麼了，芹澤？」

片桐社長看向同一個方向，我也沿著她的視線望。沒什麼奇怪之處。然而芹澤的表情一歪，搖了搖頭，好像覺得有點不舒服。她轉過身，似乎想離開這裡。

「等一下！」馬倫連忙伸長手。「今天是補習最後一天吧？難得都來了，再聊一下吧。」

「失陪了。」

馬倫跟芹澤的聲音重疊，她神色匆忙地離開音樂準備室，手中還牢牢握著那支單簧管。不知所措的馬倫垂下手臂。

「……結果她到底來做什麼的？」片桐社長探頭到走廊。

春太兀自專注地望著地板。

「……大家或許多留意腳邊比較好。」

這句突兀的話讓音樂準備室中的眾人一愣。

「她春假前幾天，大概在這間準備室或音樂教室弄丟了東西。」

「弄丟東西？」片桐社長一臉訝異地轉頭張望。「隱形眼鏡之類的嗎？」

「不……不過是類似的東西。大概弄丟後很嚴重……」春太低喃著成謎的話語，然後，他像用抹布擦地般雙手雙膝地貼地跪下。「如果要趁管樂社跟合唱社練習的空檔尋找，就只能用早上。但她意識到光靠自己找有極限。她偷偷拿走單簧管修好——是因為她認識社長，而且認為社長討厭她，所以不想在麻煩我們幫忙找時欠人情。」

好像想到什麼事，默默傾聽的馬倫側臉一陣緊繃。

跟同學的對話突然牛頭不對馬嘴。成績劇烈下滑。第三學期請很多假。演奏風格轉為炫技。樂句起頭好幾次失去音準。將來的道路明明早已決定，卻找草壁老師商量未來出路。還有剛才那副模樣……

難道說——

回過神時，我的身體已經動起來，衝到走廊上。

「小千！」

春太的呼喚從背後傳來。

「我去叫她回來！」我追著芹澤奔過走廊。

我回想起國中時代，我還在有如全年無休、二十四小時營業日本企業般排球社的事。某次練球中，一名社員被一記強勁扣球打到耳朵。她和我同年級，一直和我競爭一軍名額。結果她因此失去一軍的位置，不僅如此，日常生活中聽錯話的情況也開始增加，難以分辨雜音與對話。

我一點都不堅韌，一點都不強悍。我一直都在緊要關頭盡我所能地努力，想獲得超越練習艱辛的充實感；但看到她暗自哭泣的模樣，我領悟我撐不下去了。國中三年級的夏季大會就是我的終點，我逃離了排球。

春太的話在腦中浮現——音樂有眾人合作的一面，也有獨自奮戰的一面，兩方想法很不同，以職業演奏者爲目標的人大抵都屬於後者。

我想到一直獨自戰鬥的芹澤，我想像到她的痛苦與悲傷。

襲向她的噩耗是重聽。

別說低潮，這對十五歲就站上職業舞臺的她來說，等同宣判死刑。

5

「眞慢呢。」

音樂準備室前的走廊上，草壁老師等著我跟芹澤。

「老師……」

我楞楞地回了這句話，訝然看向手表。已經超過一小時了。我朝音樂準備室張望，管樂社大家的目光正掃視著地面，尋找失物。大家移動過充當樂器倉庫的不銹鋼櫃，但似乎也沒找到。隔壁音樂教室傳來片桐社長分配工作的聲音，看來合唱社的練習已經結束了。

「……老師，這個人全力追趕我，造成我的困擾了。」芹澤帶著嘔氣的表情。

「快點把大小跟顏色告訴大家。」我也露出鬧脾氣的表情。

「……差不多小指指甲那麼大，皮膚色。」

「那麼小？」

「……而且會滾來滾去，踢到就糟糕了。」

「這樣哪可能輕易找到。」

「畢竟這是訂製的，費了一番心思做出來的東西。我跟會爲奶油麵包而歡天喜地的庶民可不一樣。」

「庶民？妳哪裡來的官僚啊？」

「先說好，我可是免費幫你們修好單簧管，所以我是不會道謝的。」

「妳在做人方面挺有問題，去跟發明社學學下跪道歉的方法吧。」

草壁老師凝神看著我們。他用手指捏著鏡框往上一推，注視芹澤跟我拉著的物品。那兩個東西用一條線連在一起。

「那兩個紙杯哪來的？」

「保健室拿來的。」我小聲回答。

「線呢？」

我從制服口袋拿出隨身針線盒。

「原來如此，紙杯電話啊。」

草壁老師語調下沈地望向芹澤，兩人視線相交。我不知道老師的話她聽清楚幾成，不過她僵硬的表情放鬆些，緩緩放下紙杯。

「……這還不錯呢，我可以完成睽違一週的正常對話。」

我也放下紙杯凝視芹澤，回憶起她在保健室向我坦白的事。

突發性失聰。

她的右耳已經完全聽不見，餘下的左耳聽力也弱到連聽清楚日常對話都有困難。她低垂著頭，身體宛如深呼吸般起伏。緊接著，我看到她雙眼急速湧現的淚水。但她沒掉下眼淚，我知道她的意志多麼堅強。我焦急地轉頭看音樂準備室。還沒好嗎？

春太從門邊探出頭。

「總算找到了。」

「——眞的嗎？」

我拉起芹澤的手，想走進音樂準備室。不知道爲什麼，春太只放草壁老師進去，卻制止我們。

「等等等等，希望妳們別心急。」

「搞什麼？」我掃興地問。

「最近的技術眞厲害，做得出那種小型機器，完全放進耳道中。」

「你也太欠缺體貼了，笨蛋。」我尖聲耳語。「因爲她是個短髮女孩呀。」

「我知道。」春太看到紙杯電話，一臉鬼鬼祟祟地壓低聲音。「麻煩妳把我接下來的話如實轉達給她。」

見我不甘不願地點頭，春太往後誇張一仰地道：

「管樂社努力超過一個小時，非常非常辛苦。我認爲應該可以給予我們正面評價。」

眼前這個吹法國號的傢伙在說什麼？

芹澤凌厲看向我，我拉拉紙杯的線告訴她：

「他說今年想參選學生會長。」

「……哦，那我就投他一票吧。」

「小千，妳確實轉達了嗎？」

「轉達了。行啦行啦，你快一點。」

春太停一個呼吸的空檔，接著用誇張的語氣說：

「這肯定是……不幸的事故。所以我覺得……不能責備任何人。」

「事故？」

我隔著春太的肩膀探頭。眾人帶著嚴肅的表情圍成一圈，草壁老師也抱著胳膊，一臉煩惱。我拉著芹澤的手臂進去。片桐社長雙手攤開五線譜，上頭放著一小顆如碎裂的節分豆子（註）般的東西。

我看出那是在不知名人士拖鞋下壯烈犧牲的助聽器。

下一刻，芹澤貧血發作般倒下，眾人連忙扶住她。

躺在保健室的床上，芹澤將被子蓋到頭上縮成一團。

「她意外是個麻煩的傢伙呢。」

片桐社長嘀咕，站在一旁的春太視線投向窗外。操場上，棒球社的練習已經進入尾聲，社員揚起漫天沙塵，無精打采地拖著輪胎跑步。

好漫長的一天。

註：日本傳統節日分別在立春、立夏、立秋、立冬的前一天，當天其中一個活動就是灑豆子，以及吃和年齡等數（或多一顆）的豆子以消災除厄。

保健室的拉門靜靜打開，成島走進。她拿起垂在床邊的紙杯電話輕輕拉了拉，鬆弛的線不久便繃緊。成島將紙杯貼到嘴邊，淡淡讀出制服口袋拿出的便條紙。

「剛才管樂社商量出妥協方案。大家會一點一點集資分擔，分成四十季來賠償。」

芹澤裹著棉被地猛然坐起。

「妳是說春、夏、秋、冬四季？要我等十年？」

「說起來，芹澤同學擅自進入音樂教室又弄丟東西，妳自己不也有錯嗎？一部分人也提出這種單純意見。」

芹澤將紙杯電話貼在耳邊，一臉無法反駁，而成島吐出一直悶著的氣。接著，她用嚴肅幾分的聲音說：

「爲什麼不早點告訴我們？」

芹澤一語不發。

「如果難以對我們開口，也可以跟草壁老師說呀。」

芹澤從成島身上別開目光。

「……我沒辦法跟老師說。討論未來出路，已經給老師添很多麻煩了。」

這道聲音帶著幾分疲倦。我在保健室角落的折疊椅坐下，默默做起手工。拉門再次打開，我回過頭。草壁老師跟馬倫走進來。草壁老師看到成島手中的紙杯，便伸掌接過。

「我想妳不方便自己開口助聽器的事，所以我聯絡過妳家了。」

芹澤緊握紙杯，像個孩子般垂下頭。「……謝謝老師。」她安心地說。

「其他人呢？」片桐社長轉頭看看馬倫問。

「保養樂器，因爲找到很多看起來還能用的樂器。」馬倫回答。

「找到小號跟大號是意外收穫呢。」春太開口。

「小號啊。等新生進來，應該很多人想吹吧。」片桐社長沈思。

「芹澤應該知道不花錢的修理方法吧？」馬倫低語。

「不可能什麼都修得好啦。」成島小聲斥責。

眾人與芹澤的目光相交。她困惑地將頭一側，不明所以地點點頭。

「……不好意思，一大群人一起說話，我聽不太清楚。」

凝重的沈默降臨。春太伸長手臂，正想從草壁老師手中接過紙杯的時候。

「完成了！」

我從折疊椅上起身。我多做了兩組紙杯電話，綁到正中央。

「這樣就能大家一起說話了。」

我將分成六邊的紙杯分給大家，春太睜圓眼接下。你的份是要跟我共用哦。

「眞厲害。」片桐社長拿起其中一個，並且表示佩服。「不擅長物理的穗村爲什麼知道這種事？」

竟然多嘴。

我噘起嘴嘟噥：「……不好意思，這是老師教我的。」

草壁老師回給我一個微笑。「小心不要拉鬆了。」

大家將紙杯放到嘴邊，綳緊的線呈放射狀展開。光這樣就讓我覺得保健室中彷彿浮現一個非日常的魔法空間。

「音樂家水嶋一江發明了一種樂器，原理就是運用紙杯電話的音樂線（Stringraphy）。呈現在舞臺上就像現在這樣，到處都是紙杯電話。」

芹澤將紙杯貼在耳邊，睜大眼睛。她好像想說話，但沒發出聲。

「我一直在想，要是有機會跟妳談話，就要問妳一件事。」

馬倫馬上開口。他要問在音樂準備室所說的後續。

「希望妳說說吹單簧管的契機。」

「──什麼？」芹澤一震，這個反應有如突然從後方被叫住的少女。

「抱歉這麼突兀。我在父親的介紹下，從小就有很多機會認識目標成爲職業演奏者的人。可是，我一個單簧管演奏者也沒遇過。」

芹澤默默貼著紙杯地側耳細聽，她的嘴邊泛起柔和笑意。那是讓人感到她放鬆肩頭力道的微笑。

「那肯定是巧合。不過，單簧管是種移調樂器，寫在樂譜上的音符跟實際發出的樂音有差，擁有絕對音感的人一開始都會搞糊塗。我就是因爲這樣會使競爭對手比較少，才會一頭栽進去。很奇怪吧？我不是被樂音感動，也不是把哪個演奏者當成目標。」

「好稀奇的動機。」成島有些訝異。

「……是啊，或許不夠純正。」芹澤深深閉上眼，浮現追尋記憶的表情。「我想早點在這條路上獨當一面，離開家裡。眞的就只是這樣。」

「離開那棟豪宅嗎？眞浪費，明明可以一輩子都當個尼特族。」充滿俗人氣息的片桐社長說出這種不像話的發言。

但芹澤沒擺出絲毫不快的神情。

「也沒那麼好，我更想要爸媽都在的一般家庭。」

「我們這種有九個小孩的家庭，難道妳也覺得很好嗎？」

片桐社長緊抓住奇怪的問題點。

「那就傷腦筋了。社長的妹妹很煩，實際上也眞的很纏人，我還把她罵哭了。」

「……的確有這回事。」

「我覺得她是很體貼哥哥的妹妹。她明年會進入這所高中吧？」

「誰知道。」

片桐社長急促扔下這句後就移開注視芹澤的視線。我們好像隱約窺探到兩人之間奇妙的因緣。

差不多輪到我出場了。我做作地清清喉嚨，正要將紙杯貼到嘴邊時，春太一把拿走我的紙杯。

「芹澤，可以問一下嗎？」

床上的她轉過頭，我也瞪大眼睛。

「從妳看來，我們的樂團怎麼樣？」

芹澤眨了好幾次眼。

「……你們目前沒有可供評價的成果，根本連正規樂團都算不上。」

「我知道。」春太非常認眞。

大家在沈默之中過了幾秒。

「我聽過傳聞，但你們難道眞心把目標放在普門館？」

春太頷首，我身爲散播傳聞的源頭，也負起責任地點頭。你們這份自信從哪裡來的？芹澤露出這樣的表情。她依序看向片桐社長、馬倫跟成島，最後停在草壁老師身上。

「……這樣啊。那老師難以出口的事，現在就由我代爲告訴你們。」

我屏息以待。

「最少要湊到三十人。」

「三十人？爲什麼？」成島平靜回應。

「高中組A部門全國大會中，三十人是有勇無謀的底線。若少於三十人，與達到上限五十五人參加的強校會差距太大。管樂是以全體演奏力決勝負吧？如果比賽是用同樣曲目競爭的指定曲，人數太少會是致命傷，怎麼想都很不利。」

「等一下，有彌補差距的方法。」春太加強語氣反駁。

芹澤擺出一副想說「那種事我也知道」的表情回答：「更動樂譜對吧？也就是改編，而且須是出乎專業評審意料，印象深刻的改編。在這所學校裡，有個做得到這件事的指導老師。而且他不是普通的指導老師，還是一時稱爲日本音樂會寵兒的指揮。我想，還有評審記得這個人……嗯，雖然不利的局面沒變，但我想足以取得挑戰強校的資格了。」

眾人目光轉向草壁老師。草壁老師不知爲何表情暗下來，不發一語。

「還有，今年最好放棄。」

咦？我心中一驚地看身旁，春太冷靜以對，片桐社長則露出有點安心的表情。

「現在管樂社要補足人數得靠新生吧？但恐怕大會當天能上場的沒幾人。比起人數不足而慘敗，還不如報名三十五人以下、只比自選曲的B部門，我如果是指導老師就會這麼做。先把目標放在B部門分部大會的金獎，藉這個機會培養實力。第一次參賽就拿到金獎的高中多得是。」

「……意思是說，我這代妥善傳承給上条他們就行了吧？」片桐社長壓抑地道。

「順利的話，明年報名A部門的機會就會到來。雖然今年形同放棄普門館，不過社長的妹妹肯定能夠雪恥。她有吹小號的才能。」

片桐社長露出沈思神情，不過他似乎早已做出結論。另一方面，春太頻頻朝芹澤投去一副有問題想問的視線。

「上条你眞有意思。」

「咦……」春太回過神。

「我還以爲只有穗村會在臉上毫無顧慮地表現出『拜託加入管樂社！』，結果你也一樣。你們眞像。」

春太眨眨眼睛，與我互望一眼。

們嗎？」

「……不好意思，」馬倫代為說出我們難以啟口的提議，「……那個，妳願意加入我們嗎？」

「……我也要拜託妳。」成島也低頭請求。

芹澤注視我們。她的視線忽然在半空中飄移，彷彿在尋找話語般停頓片刻後，她接著轉頭看草壁老師。

「老師明明放棄音樂家的道路，為什麼現在還在這種地方公立學校擔任音樂老師，以這種形式保持跟音樂的關連呢？」

話題轉變方向讓我有點不知所措。芹澤跟草壁老師之間，有著兩人才能理解的事物。他們給我這種感覺。草壁老師默默注視她，道出沒有經過矯飾與修飾、簡短而震撼心靈的一句話：

「我只有這項能力，才會緊抓著不放。」

聽到這句話，芹澤泛起脆弱的微笑。

「我懂，我也一樣。成為職業演奏者的路還沒有封閉。」

她狹長的眼眸轉向我們。

「因為耳朵的緣故，長期陪伴我的指導老師離去了，我不知道如何是好，有一段時間覺得就算是管樂社也沒關係，想找到一個容身之處。不過對認眞努力的你們來說，這種態度很失禮。我能做的，只有在我自己決定的道路上前進到自己滿意為止。」

我想反駁，但現場的氣氛阻止我這麼做。她的話語深處蘊含著堅固的內核，讓人無法輕易碰觸。

「……很抱歉，我現在沒辦法成為你們的伙伴。」

芹澤明明沒必要說對不起，卻向我們道歉。片桐社長、馬倫跟成島都無話可說，草壁老師也保持沈默。到頭來，我也閉上嘴。春太不一樣。他向她嚴詞確認：

「妳不會休學吧？」

芹澤微微抬起視線。

「教室座位除了一部份課程中是固定的，其他草壁老師跟教務主任都幫我安排好了，我到畢業都能跟大家待在一起。」

春太安心地嘆息。

「這次的騷動中，唯有一件事我搞不懂。」

「什麼事？」

「為什麼妳會把重要的助聽器弄丟在準備室？」

「我有事到音樂準備室一趟，在那時弄丟了。」

「助聽器放在耳中，而且價格昂貴，應該不會那麼輕易搞丟吧。」

芹澤的視線沒有從春太身上移開。不久，她看向遠方。

「因為我想確認小鼓跟定音鼓還能不能用。」

「——小鼓跟定音鼓？」

「對。定音鼓體積龐大，而且每個音域都有一面鼓，對吧？我在搬動鼓的時候失去平衡，連同定音鼓一起摔倒，就像猿蟹大戰（註）裡被臼壓住的猴子那樣。」

「為什麼要這麼做？」

「我有個已經疏遠的童年好友。那個人從小就打太鼓，國中二年級前都隸屬市內青少年業餘樂團。我聽力受損後，東想西想的時間增加，回憶他的時刻也增加了。我開始希望他回到學校。」

回到學校？芹澤斷斷續續說下去：

「雖然有一段空窗期，但只要給他鼓棒跟抹布，他就能有耐性一連敲兩三個小時，馬上就能找回手感。他的忍耐力強到我根本沒辦法比，也很會照顧人，對周遭十分溫柔。」

「他的班級跟名字？」春太慎重地問。

「你要找他來代替我成為你們的伙伴嗎？」芹澤以柔弱的聲線反問。

「伙伴？不對哦，是戰友。他的背後就由我守護，他的骨頭會由小千撿起。」

啥？這個組合怎麼回事？

芹澤正要說些什麼，喉嚨深處卻發出一聲呻吟，她最後閉上嘴。

「……對不起，我自己提起還說這種話很抱歉，不過還是請你們忘掉我剛才說的事。他好像有很多困難，大概也不喜歡受到干涉。」

「困難？有什麼內情嗎？」草壁老師問。

芹澤深深垂下頭，纖細的肩膀繃緊。「老師，對不起。要是說得太多，他好像就不會來學校了。我不希望……變成那樣……」

我們默默互看。

停一拍後，芹澤抬起頭。她露出彷彿困難全被洗刷的清新表情。她放下紙杯下床，穿上拖鞋並拿起書包。依序看向我們後，她開口道謝。

「抱歉驚擾你們，我會默默爲你們加油的。」

然後，芹澤打開保健室的門離開了。我們傻傻地被留在原地。

……就在我這麼想的時候，輕快的拖鞋聲回來了。

芹澤從拉門邊探出頭，她望著成島道：

「賠償助聽器的事就算了。大概趕不上新學期吧，反正我也該訂做新的了。」

接著，她氣喘吁吁地來到我面前。

「那個給我。」

她要我做的紙杯電話。芹澤不由分說地從每個人手中回收後，寶貝地抱在胸前。她嘴邊泛起孩子似的微笑，接著再度跑走。這次她沒再回來。

「我是不清楚她是不是天才少女，不過要我說的話，她實在是個惹禍精。」

片桐社長發著牢騷，手插進制服長褲的口袋。

我的目光落到芹澤躺的床。一片櫻花花瓣從窗口飄進來，落在床單上。

註：這是日本民俗童話。描述狡猾的猴子欺騙並殺害螃蟹，螃蟹的孩子設下陷阱報仇，最後從屋頂推下臼，壓死猴子。

對我們而言，那是春季的幻影。

啥？幻影？

對。希望她一直在那裡的願望只是徒勞，總有一天會以虛幻一夢告終。

這件事絕不會以幻影告終，也不會以虛幻的夢境告結——我現在沒辦法成爲你們的伙伴。剛才她這麼說。雖然不知道會不會實現，不過在那個時刻到來前，我要盡全力努力，成長到得到她認可。

伙伴這個詞讓我感受到些許希望。

頻率77.4MHz

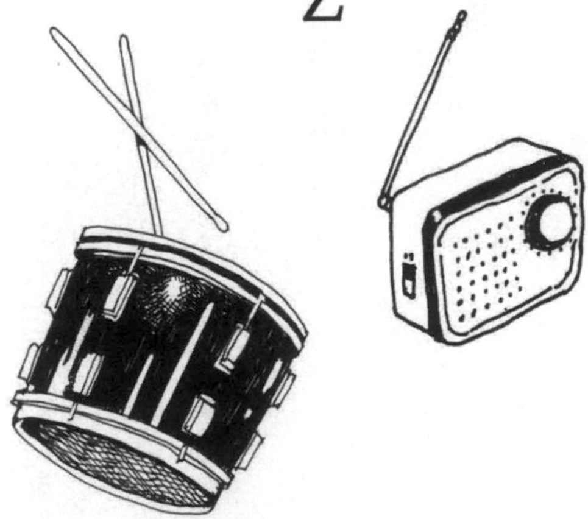

假裝開心。

假裝寂寞。

假裝不悲傷。

根據動物學，動物只能裝死，相較之下，人類可以「假裝」出各種模樣。

我想假裝與社會聯繫有其必要性，但我認爲人生中用上這招的次數有一定次數。就像杯中的水一樣有限，總有一天會喝光。

在深夜中徘徊的那群老人身上，我見到喝光存量的例子。他們從種種僞裝中得到解放，一直尋找自己的歸屬。出生的故鄉、家人所在之地、安息之處……每個人肯定都有個歸所，因此出於本能不斷尋求。

假如他們已經步入人生的黃昏，理所當然會在沒有燈光之處迷途。

燈光是必要的。

所以我們才會點起小小的燈。

我想對從遠處眺望這盞燈、側耳傾聽的各位說一句話。

拜託你們，請不要裝作視而不見——

1

我一面保養長笛，忍不住豎起耳朵。

這是四所高中聯合練習會中發生的事。各社團輪流提供校舍當作場地，而今天是練習的首日。當橫跨上下午六小時的練習終於結束時，教室逐漸傳來從合奏的緊張感解放出來後，成群女生的閒聊聲。好像有一群麻雀同時啾啾鳴叫。

吹法國號的男生眞的很奇妙。

一群外校女社員如此主張。就她們所知的範圍內，吹法國號的男生沒有一個身材高大，很多都是中性、有些怯弱又纖細的人。管樂中，剛開始學管樂器的男生一般都會選擇大型樂器。大抵而言都是如此，而她們也會拚命推薦這種選擇。然而當中還是有男生選法國號，好像是因爲不知道爲什麼就有種「我要法國號！」的感覺。法國號是女生也能吹的樂器，選擇這種樂器的男生都不是想用音樂取得勝利的類型。

……總覺得頗有道理。

在這種地方聊到這個話題，是因爲今天的聯合練習會中出現一名備受注目的少年。

教室的門敲響，當事人走進來。

少說三十位女社員的目光一下子傾注在他身上。這也難怪。他本人對自己不高的身形很介意，但他跟班上總會有一兩位的帥氣男生完全不同層級。即便集女生的視線於一身也不畏不懼，這點實在厲害。一般男生在這種狀況早就眼神亂飄了。我知道原因，忍不住因此陷入複雜的心境。

他的視線左右掃射，朗誦般說一句：

「藤咲高中的各位，瘋狂大猩猩馬上就要來了。」

「什麼，糟了！」外套上綴著胭脂色緞帶的社員連忙準備回去。

「爲什麼在那種地方犯錯！」「看我的指揮、看指揮！」「銅管跟薩克斯風跑哪裡去了！」遠處的教室傳來腦血管快爆掉般的怒吼。那是藤咲高中的指導老師。

她們一個接著一個逃出教室。

春太無視擦身而過的那群女生，朝我走來。

「小千，我們是在另一間教室。」

「咦，怎麼會！」

我連忙從椅子上站起，追上到現在都還稱我爲「小千」的奇妙童年好友。我叫穗村千夏，他叫上条春太。即使是外貌看起來永遠不乏女生青睞的春太，實際上也跟我煩惱於同樣的痛苦：單戀。不過唯有這傢伙我不希望他心想事成，要是成了還得了。

我跟著春太走過走廊。鈴聲響起，告知傍晚五點到來，窗外滿是雨停後的氣息與餘暉。宛如宣告春季結束，髒污的櫻花在灰色柏油路上落了滿地。

在春天的新學期，六名新生加入我們管樂社。

這下社員共二十三人了。我們集合起包括新生在內，可能有潛力變更樂器的社員。或許是臨陣磨槍，但我們還是勉強找到人選塡補低音號跟單簧管的空缺。拜此之賜，我們才能像現在這樣，正式參加到去年都是靠同情分得到席次的聯合練習會。

這次的聯合練習會很特別。

今年度大賽的指定曲是我們的練習曲目。其他三校預定參加A部門，而我們決定只參加比賽自選曲的B部門，目的是提早體驗強校的分部練習與合奏的臨場感。芹澤留下的建議確實起了作用。

管樂的水準與力量，等同在前頭領導的指導老師也不爲過。事實上，我們在數個月內成長很多，今天也沒扯其他三校的後腿，甚至迫使藤咲高中的猩猩——更正，指導老師強烈意識到草壁老師的指導能力。

所以我才會樂昏頭。我平常可不會不小心搞錯教室哦，絕對不會。

春太穿過走廊，他的背影忽然停住，一名熟悉的男生從盡頭走來。他穿著牛仔襯衫，配上靴型牛仔褲。那是我們學校全校集會時必定會看到的熟面孔。

他是學生會會長日野原。他有著銳利的眼神以及如獵犬般結實的身體，身高遠超過一百八十公分，連運動社團的強壯社員也不敢輕視他。我還是第一次看到他穿便服。他爲什麼在這裡？

「三十分。」日野原學長吹著口哨走過。

我楞楞地望著。他說什麼？

「……雖然是週日，但我一找學長他就來了。他欠我們一份情。」春太一臉沮喪。

「喔。」我點頭。

「社團活動的預算審查就在下週。妳知道吧？」

我知道。對管樂社來說，樂器保養費是長久揮之不去的問題，聯合練習會跟成果發表會也是筆很大的開銷。

「我們去年幾乎沒繳出什麼成績。」

是啊。不過全校集會時，我用長笛吹國歌君之代的時候很努力哦，還起勁表演顫音。

「……所以，我請他今天過來看看。」

我寒毛直豎，總算把整件事跟那句三十分連結起來。

「為、為為為為、為什麼會這樣？」我的聲音顫抖。

「因為我們的弱點暴露了。」

「弱點？拜託你說得好懂一點！」

我抓住春太的衣領，用力搖晃他的腦袋。

「是成島跟馬倫。那兩人就算無意引人注意，還是很突出。我在今天聯合練習會中再次感受到了。」

管樂要求全體演奏能力，換言之就是協調力。比起獨自演奏出各自的聲音，吹出協調動聽的樂音更重要。這麼說來，各校分開演奏時，成島跟馬倫的樂音都特別出眾，那兩人也反覆調整數次；但與其他三校合奏時，就沒出現這種情況。在今天的聯合練習會中，我們清楚察覺到其他社員的基礎能力不足。

我之前的認知太天眞了。我連忙趕往眾人等待的教室。一用力拉開拉門，我就看到大家圍成一個圈，沈默地垂著肩膀。每個人都坐在椅子上。成島跟馬倫最低落。

得說什麼才行。我深呼吸一次地從迷惘中清醒，伸臂環住並排而坐的兩人肩頭。

「別悶悶不樂了，你們這些努力家。對了，我收集了一瓶『樂天小熊餅乾』的眉毛熊

（註），分給你們兩個吧。」

春太在角落忍笑。

「……對不起。」

一道憂鬱消沉的聲音響起，那是以低音長號參加合奏的一年級生後藤。今天她的運舌偏偏頻頻失誤。我趕緊摸摸她的頭。

「穗村正式演奏時意外穩定。」片桐社長忽然開口。

「對，我也覺得。不會躁進。」

「還具有出錯也不會動搖的膽量。」成島催眾人說下去。

「只想著忠於樂譜是不行的。」

「我剛才腦子一片空白，有好幾次落拍。」

「到了關鍵時刻，能仰賴的還是基礎練習的成果吧。」

「要不要重來幾次，直到身體記住為止？」

「先整理一次問題比較好。」

望著陸陸續續發言的眾人，我將長笛盒緊抱胸前。比起受傷的模樣，我更相信這些高中生無論發生什麼事，復原能力都比大人更強。我胸口一陣熱。

「沒錯！我們再練習得更多更多吧，好嗎？我會比現在多練習一倍，努力不要扯成島

註：日本謠傳若在樂天小熊餅乾各種圖案的無尾熊餅乾中找到稀少的有眉毛熊，就會得到幸運。

跟馬倫的後腿。如果一倍不夠，我就再更努力一倍；如果社員不夠，我就再去招募。」

我以前好像也說過同樣的話……春太快步走過來，伸手輕輕搭住我的肩膀。

「一天有三十六小時也不夠妳用。即便借助眉毛熊的力量，辦不到就是辦不到。」

「請不要在我感動時潑冷水！」

當我掐住春太的脖子，片桐社長帶著嘆息的聲音響起。

「不需要休息也不需要補充水分的穗村持久力很驚人，不過最令人驚訝的是上条。」

「是啊，實力高出別人一截。」馬倫冷靜評價。

我「咦」一聲，鬆手放開春太的脖子。

「……你什麼時候變成法國號大師了？」我有種被拋下的感覺，打擊太大了。春太一臉滿足地鼻孔大張。

輕敲敞開拉門的聲音響起，眾人轉過頭。草壁老師站在那裡。根據他的表情與態度，我看得出他剛才一直聽大家說話。我紅了臉。粗魯的模樣被看光光了。

草壁老師一隻手上拿著影印的樂譜。

「趁還沒忘記今天的合奏，再練習一次就好，怎麼樣？」

大家的椅子一響。

在聯合練習的合奏中，草壁老師沒有拿指揮棒，因爲有藤咲高中的大猩猩——更正，指導老師負責。無論是片桐社長、馬倫還是成島，大家都趕緊準備樂器，後藤領著一年級拿每人的譜架。春太從盒裡取出法國號，臉上帶著聯合練習中並未露出的認眞神情，我也連忙準備好長笛。一次就好——既然都這麼說了，草壁老師就不會指揮第二次。即便明白這是避免拖到大家回家時間的考量，我還是一陣緊張。

我調整譜架位置時，片桐社長向草壁老師說：

「支撐成島、馬倫跟上条的打擊樂器跟小號陣容太薄弱了。」

草壁老師默默等他說下去。但社員總是會有極限。

「我想以一年級爲主，讓還可能變更樂器的社員重新決定一種樂器。」

「這樣會趕不上夏天的大賽。」

「夏天？那不是只有今年才有。我們也會著眼於明年夏天，更認眞練習。」

草壁老師正面注視片桐社長。接著他馬上將臉轉到一旁。「樂器適性怎麼處理？」

「我想讓社員自己重新決定一次，再請老師評量。」

草壁老師閉上眼睛微笑。「好啊。」

「那個……」抱著沉甸甸大號的同年級生小心翼翼地插嘴，「我希望增加更多基礎練習的時間。」

說著「我也是」的聲音此起彼落。

「關於這件事，我想明天起爲社團活動設下限制。」

聽到草壁老師平靜的聲音，我把長笛拿離下唇。

老師剛剛說了什麼……？

「普門館很重要；但是，往後的人生更重要。」

我默默睜大眼睛，無法完全理解這句話的意思，連樂譜掉下譜架都沒察覺。成島跟馬倫卻意外冷靜地接受，春太也一樣。

草壁老師的目光平均掃過所有人身上，接著揚起一隻手。

「來，我們開始。」

2

我在自家的書桌前，陷入沈思。

聯合練習會首日的衝擊事件至今已經兩週。草壁老師的指示是，二、三年級在期中、期末考的成績順位如果沒有進步，就要縮短平日六點跟週日的練習時間。而正式啓動管樂練習時間是在夏日。我本以爲老師會拉著我們的手一直走下去，沒想到不是。我因此手足無措，支撐著腳下的地基彷彿搖晃起來。

不過隨著日子經過，我的想法產生一點變化。升上二年級後，我決定接受隨之到來的環境變化，那就是升學問題。四月已經舉辦過三方會談，班上也有惦記大學考試的朋友。我們的人生在高中畢業後仍會繼續。確實如此。在此之前，我全心想著普門館，完全沒考慮之後的事。這種單純而罔顧未來的思考似乎被草壁老師看穿了。

而春太、成島跟馬倫的成績很好，只有我有點危險。

他們三人都笑著說還沒思考過未來，但這些年級排名二十名以內的秀才這麼說，對我來說也沒半點說服力。尤其聽到由於家庭因素而獨居便宜公寓、照理說生活過得比我更怠惰的春太這麼說，我心頭一把火起。

春太總是一臉悠哉地說，期中、期末考甚至大學入學考，有八成只要讀學校課本就夠了。他教訓我說，「無法自我管理的人才會上健身房，沒辦法自己念書的人才會上補習班」。總覺得他在狡辯，而且這根本是一段與全國認眞上補習班的學生爲敵的發言。此外，他還對我說教，「小千，妳錯就錯在上課抄下板書就滿足了，一定要認眞讀課本才行」。他甚至誇口，只要每天花大約一小時預習跟複習就夠了，還補充說明——但一天也不能鬆懈。

總而言之，現在僅能仰賴春太提倡的讀書方式。我認眞按表操課社團練習清單的同時，還要好好在家念書，給後藤這些學弟妹當榜樣。會讀書又會玩很難，不過一想起獨自出差的的爸爸，這根本沒什麼大不了。

好，我鼓起幹勁了。

我把電視、音響跟漫畫都逐出房間。媽媽訝異地瞪大眼睛。這是要表明我的決心。好，上，我要奮戰到底——我停下轉動自動鉛筆。

呼，念書還是需要喘息。我從抽屜裡拿出某個東西，這是我偶然在爸爸房間壁櫥發現的。我一瞥不可能有任何人在的房間，偷偷戴上耳機。這是一台長年使用的老舊小型收音機。今晚我同樣稍微打開窗戶，調整收音靈敏度。

我凝視夜空。

拜託來個人阻止我吧。

其實這是我有生以來第一次接觸收音機這玩意，而我深陷它的魅力。這是一段「側耳傾聽」的舒適時光。跟在手機中聽人說話不同，也跟電視或音響收聽聲音不一樣。今晚我也爲了不要漏聽而豎起耳朵。這麼說來，我四周意外沒什麼按下按鈕就馬上啓動的媒體。

這兩週，我得知藏在這個城市中的祕密——FM羽衣電台。當我不著痕跡地問媽媽時，她遙望遠方，告訴我那是浪費稅金的產物。

這個電台在十幾年前成立，當時因爲制度化，它得以設立在市町村。據媽媽的說法，這起因於當初蔚爲話題的地方振興，以及將災害情報傳播到地區的名目；然而，一旦開始運作，有些時段只聽得到浪潮聲，有時又是只會說英語的美國主持人在主持昭和歌謠特集，因此招來地方居民反感。現在似乎由好事的民營企業接手，勉勉強強經營著。因爲幾乎沒播放廣告，想必沒廣告收入，連我這個高中生都擔心收支能否打平。

今晚我同樣轉到FM羽衣電台。

想聽的節目馬上要開始了。市內大多人肯定不知道這個有趣得亂七八糟的節目，因爲靠自動調頻很難收到FM羽衣電台，我要一點一點轉動旋鈕調整頻率數値才聽得到，好像怪盜亞森羅蘋在破解保險櫃。一聽到開場主題曲——約翰．科川的「My Favorite Things」，我心臟就怦怦跳。這個不會準時開始的節目會播很長一段開場主題曲，難道是顧慮到我這種動作慢吞吞的聽眾嗎?應該是我想太多了。我盡情地享受很久愜意的爵士樂。話說回來,我的爵士樂初體驗在何時呢?似乎是我請爸爸用錄影帶播給我看的《湯姆貓與傑利鼠》。我想著傑利鼠在湯姆貓的鬍鬚上彈奏行進低音的畫面。不久,主題曲從常人難以彈奏的即興演奏中淡出,一瞬寂靜後,主持人的聲音響起。

像從日常被拉到非日常世界中,我非常喜歡這種節目開場法。

〈……各位聽眾晚安,現在是晚上九點〇八分。今晚我們也要拯救迷惘的羔羊,「七賢者人生諮商」的時間開始了。〉

我這隻煩惱的羔羊豎起耳朵。主持人有點結巴,但給人一股親切感。這個人今天又忘記自我介紹了。主持人的名字好像叫KAIYU。

〈首先,我要說明節目主旨。我們的電台連知名藝人的廣播收聽率也不到百分之一,所以每次都要重新說明,眞的很麻煩。這個節目,簡單來說,就是聽眾將煩惱傾倒到老而不死的人生前輩身上。可以用明信片寄來煩惱,如果各位聽眾希望,我們也接受電話扣應。但不好意思,我們目前不接受電子郵件聯絡。〉

在這種時代拒絕電子郵件眞不方便。明明收聽率超低,這就像是自斷臂膀。不過收到的明信片意外多,換言之,這節目就是靠我這種奇特聽眾的穩固凝聚力撐起來的。

〈今天也是現場直播,地點在離電台遙遠的特別錄音室。這裡有七位人生專家,他們在這個節目中稱爲賢者。每個人都迫不及待等著登場。請想像七隻吉娃娃發現睽違一週的玩耍對象。親眼目睹這幅景象讓人有點煩燥。〉

像在噓他一樣，用力拍打榻榻米的聲音響起。

收音機另一頭究竟出現什麼景象呢？真在意。

〈今晚就從明信片諮詢開始。這是來自市內某ＩＴ企業工作、暱稱「失敗者上班族」的投稿。指名的賢者是——人生教祖ＤＪ定吉。〉

KAIYU毫無幹勁的聲音，以及一陣有氣無力的掌聲響起。這個節目每次都會播出ＤＪ們莫名其妙的回答，有著地方電台特有的意外驚喜。

突然，宛如播放事故般的無聲時間開始了。麥克風僅收到微弱的雜音與話聲。

〈咦？定吉爺爺呢？〉〈他說這是睽違兩週的登場，要調整喉嚨狀況，所以去喝奈良的濁酒了。〉〈等等，這可是現場直播，他不是戒酒了嗎？〉〈對啊，所以全換成可爾必思了，不用擔心。〉〈這很讓人不安！〉

節目甚至讓聽眾也跟著不安。

〈……不好意思。那，麻煩ＤＪ定吉了。〉

〈嗯，儘管問吧……對了，ＩＴ是什麼？〉

〈怎麼能在聽到問題前先漏氣。這是Ｉ【Information（資訊）】‧Ｔ【Techonology（科技）】的縮寫，是奠基於時下情報與通訊科技的——〉

〈什麼的縮寫？麻煩再說得好懂一點。〉

〈算了，你就當成Ｉ【Inca（印加）】‧Ｔ【Teikoku（帝國）】的縮寫吧。〉

KAIYU竟然自暴自棄了。

〈印加帝國我就知道了，那是認爲知識非庶民能擁有的國家吧，聽說還因爲這種傲慢的想法而滅亡了？〉

KAIYU暴投般的發言被定吉一擊接殺。這個人難道很強？

〈沒錯，感謝你分享了發人省思的知識，IT大抵上也是類似的東西。接下來讓我們進入諮商內容，「連日加班跟假日上班導致我跟朋友疏遠，也交不到女朋友。我無法過像個人的生活，也對未來感到不安，該怎麼辦才好？」這就是他的煩惱。說起來，像個人的生活是什麼呢？〉

〈就是躺下來就能睡著的生活，如此而已。〉

令人窒息的沉默流過。這陣沈默感覺像是主持人猶豫著是否該就此打住。

〈感謝定吉爺爺的回答。失敗者上班族，你還不用擔心哦。哪一天躺下來睡不著的話，再來找我們諮詢吧。那麼，換下一位。〉

又一陣沉默。

〈定吉爺爺，你的出場結束了。〉

〈……我要待在這。〉

第二次播放事故開始了。

〈這裡很窄！〉〈那我就站著。〉〈接下來換阿米了！〉〈那我在會比較好。〉

〈那就拜託你安靜待著！〉〈我可是DJ啊。〉〈以定吉爺爺來說，這個詞的意思是D【dangerous（危險）】J【Jjii（老頭）】！〉〈濁酒很甜哦。〉

KAIYU氣喘吁吁。

〈……時間緊迫，趕快進入下一位。今晚有人扣應進來諮詢，是市內的高中生。〉

哦，跟我一樣是高中生呢。不過節目狀況如此險峻，這位同學能在線上等待，這股強大忍耐力眞令人尊敬。

〈暱稱是「沙漠之兔」。啊，沙漠之兔同學，一個月不見了。那延續上一次，由DJ阿米來接受諮詢。〉

我好像在哪裡聽過這個暱稱。阿米奶奶登場，我的注意轉到她身上。與定吉不同，她受到溫暖的掌聲歡迎。榻榻米微弱的吱呀聲響起。戀愛教祖DJ阿米，她是在上週節目中一把抓住我心的賢者。雖說是戀愛教祖，但她此生的愛只有丈夫一人。阿米是個感謝著丈夫給予的愛情，愼重揀選言詞的可愛老奶奶。

KAIYU補充說明：

〈先複習一下上個月的情況。這位同學跟同社團的伙伴都喜歡上同一個人，兩人單戀著社團指導老師。他不希望他的情敵兼好友的心受到傷害，但又覺得與其讓老師被搶走，不如把對方大卸八塊。他一直很煩惱這種激情的想法。〉

原來也有人跟我處境相近。單戀很痛苦，但好朋友就是情敵也很難受。不過大卸八塊這個比喻不會太狠了嗎？阿米發出溫柔的笑聲。

〈啊……我想起來了，是那位說自己在社會學上不利的同學吧。〉

在社會學上不利？阿米溫暖的話語持續：

〈我當時說，這種時候放手才是最好的。就算痛苦，還是要趁年輕的時候摘掉名爲後悔的嫩芽。等長大面臨重要選擇時，當時的決定一定會開出美麗的花朵。〉

ＤＪ阿米太棒了。我稍微調高收音機的音量。

不久，電話接通了，揚聲器傳出模糊聲音。

〈晚安，ＤＪ阿米。前陣子受您關照了。〉

這是一道彬彬有禮的聲音。阿米呵呵笑起來。

〈很高興又能聽到你的聲音。〉

〈我也是。今晚我想報告之後的進展，所以才打電話進來……最後我還是無法接受阿米奶奶的提案。〉

〈唉呀。〉

果然還是難以放棄，這就是眞正的單戀。我很理解沙漠之兔的心情。

〈ＤＪ阿米，其實我爲了讓情敵離我單戀的對象稍微遠一點，提出了要會讀書又會玩的意見，試圖讓成績不好的情敵結束社團活動後馬上回家。我稍稍反省了一下自己是不是做得太過火了，今晚就是想爲這件事懺悔。〉

〈唉呀呀。〉

啊哈哈哈！這就是在說我嘛！

3

隔天晨練，我一見到春太就踹一腳他的背。春太像表演華麗特技一樣在音樂教室裡滾了數圈，一頭撞上鋼琴腳。

「大卸八塊？稍微反省一下？」

確認過音樂教室裡沒有任何人，我用力踩住春太的背。我擁有做出這種制裁的權利，畢竟認眞讀書的我太可憐了——呃，雖然我沒有很認眞。

「……小千，對不起。」

我還不能把腳從這個窩囊廢背上移開。

「……之前逮到機會跟老師聊天時，老師很在意大家的未來發展……談到就業或升學時，老師有時會露出煩惱的表情，對吧？見到他那個模樣，我就很揪心……所以才一時鬼迷心竅。就結果而言，我促使老師做出這樣的決定，對於這件事我願意道歉。」

我把腳拿開。在這種時候，春太不會找藉口也不會說謊。仔細想想，草壁老師有時確實如此。即便他去年剛上任，並非帶領班級的班導老師，他還是認眞思考著我們未來必定要踏出的那一步。爲了避免我們出差錯，他有時甚至流露出神經質的態度。

「小千，妳明白老師想說的，會讀書又會玩是什麼意思嗎？」

春太爬起來問。聯合練習會首日到今天爲止，我有一段冷靜思考的時間。聽說我們學校的男足社社長總是在社團結束後，趕去上九點的補習。我一開始以爲老師指的是這樣，但不是——

「老師要我們度過不留下任何悔恨的高中生活。無論社團還是讀書，只要是自己認爲正確的道路，無論做什麼都不是浪費時間。」

「還眞是擴大解讀呢。」

「……不行嗎？」

「沒什麼不行啊？」

春太按響琴鍵，確認鋼琴在他一頭撞上後是否需要調音。在學校中，草壁老師負責爲鋼琴調音。我曾跟春太一起躲起來偷看老師用調音槌敲著琴鍵，當時社員還只有五人。那架鋼琴沒事吧？我走到音樂教室的窗邊，早晨的風輕輕吹動窗簾與我的頭髮。不久，春太一副說「沒問題」似地點頭，我鬆一口氣。

「……你什麼時候開始聽那個廣播節目的？」

「剛進高中就聽了。我自己發現的。」

老跟這傢伙望向同一方向的自己眞討厭。我發出「哼」一聲，盡力裝出平靜的模樣。

「這件事最好不要隨便跟別人說。」

「爲什麼？」

「我覺得關係到節目的存亡。」

我一臉訝異地沈默著。

「廣播節目差不多兩年前播出。當時那個叫KAIYU的業餘主持人聚集起多達七位爺爺奶奶，而且現場轉播的地點完全成謎。我出於興趣調查過，但他們好像不在文化會館、安養中心或醫院，有種與世隔絕的感覺。」

我的目光不經意落在窗戶下的景象。春太的聲音繼續響起：

「總覺得很像日本民間故事或傳說中的隱蔽小村。」

「……隱蔽小村？」

「不能洩露的隱蔽小村。不會造成任何人麻煩，不會傷害任何人，KAIYU跟七賢者就這樣靜靜活在廣播節目中。不知為何，我就是不希望他們被打擾，我也覺得不要隨便散布出去比較好。」

我一面聽著春太的話，盯著窗戶下方。一名戴著安全帽的女學生正全力奔跑。她攀上圍牆，跳到另一側。學生會長日野原落後一步地跑了過來，不停東張西望。他似乎在追那個安全帽女。他們在平日一大早搞什麼啊。

不要扯上關係比較好，本能告訴我。仍歷歷在目的發明社事件浮現在我腦海。我打算拉上窗簾，自然流暢地轉過頭時，日野原學長抬起頭，他在那一剎那跟我四目相交。

「……小千，妳在聽嗎？」春太語帶不滿地道。

「啊，嗯。」我掩飾住自己的動搖。

「喂——穗村——」窗戶下傳來惡魔的呼喚。

「日野原會長？」春太眨眨眼。

「咦？那不是生物社的雞叫聲嗎？」我裝傻。

「穗村，妳有看到吧？看到了對吧？看──到──了──吧──」窗戶下傳來像小學生一樣的低級反應。

「果然是日野原會長。」春太跑到窗邊揮手。

「哦，是上条。你來得正好，我現在過去你們那邊。」

聽到日野原學長恐怖的聲音，我急急忙忙拿出長笛準備。

接下來就是晨練了，你懂我的意思嗎，春太？

日野原學長拉開音樂教室的拉門時，晨練的社員幾乎都到齊了。令人安心的同伴增加了，我放下心。但日野原學長沒禮貌地走進來，搭住片桐社長的肩頭。

「遇到你正好。雖然有點晚，不過今年度的管樂社預算正式定案了。給我紙筆。」

一年級將用過的五線譜跟簽字筆遞給他，宛如放在拖盤的獻禮。日野原學長在背面寫幾個字，塞給片桐社長。他沒有口頭說出預算金額，我想應該是顧慮到一年級生。片桐社長膝蓋一彎，無力趴跪在地。啊──這下完全沒有顧慮可言了。

成島俯身隔著他的肩膀看到預算，接著嘆口氣。到底預算是多少呢？好在意。

「像不像恐怖電影的預告？」日野原學長問我們感想。

一年級的後藤踢了日野原學長的小腿一腳，接著躲到我背後。

她跟日野原學長實在處不來。

「你們都把我當敵人吧？」

日野原學長含著淚瞪後藤，同時擅自拉來一張椅子。他打算賴在音樂教室不走。

「我們等一下就要練習了哦？」我輕聲發牢騷。

「五分鐘就講完了。這件事具有五分鐘的價值，可以彌補這段時間的損失。」

「……請問這表示特別預算額度比起去年有大幅提昇嗎？」馬倫禮貌地問。

「不，跟去年一樣。管樂社的成績沒說服力，給予特殊待遇會引人起疑。」

「你是敵人！」眾人異口同聲。

「我有說錯嗎？你們才是敵人！」日野原學長惱羞成怒。

「不好意思，可以繼續說嗎？」春太清亮的聲音響起。

「我接下來要說一個稍微偏離正道的辦法，你們這些傢伙，給我抱著這樣的覺悟豎起耳朵聽清楚。」

日野原學長壓低聲調，因此大家都側耳傾聽。

「我個人很想幫管樂社一把。指導老師的能力有品質保證，也湊到不少成員，而我也有點想看看你們日後的活動跟成果。」

眾人點頭，更努力豎起耳朵。

「管樂社正式活動從初夏開始。就算是你們這種小社團，也有提高水平的方法。首先，你們很幸運有個優秀的指導老師，所以就算弱小，也可能跟強校一起參加共同訓練、加強集訓，或私下交換情報。」

「……什麼意思？」我在春太耳邊小聲問。

「……就是借用指導老師。比起從外部聘請新老師，跟我們合作比較省錢。現在就有好幾所學校徵詢草壁老師的意向。」

我都不知道。

日野原學長坐到椅子上說：

「你們還想加強社員能力吧？保養樂器需要錢，出外參加活動需要錢，搬運樂器也需要錢。」

「只會說錢、錢、錢，眞囉唆。」成島嘟噥。不過被說中問題核心，她口氣無力。

「嗯？最糟的話，不管錢也無妨哦？反正你們指導老師八成會自掏腰包幫你們籌措哦。」

又被他說中核心，大家都沮喪起來。

「國王陛下，差不多要進入正題了。請您說說所謂稍微偏離正道的辦法，讓我們這些小老百姓開一下眼界。」

春太搓著手靠近。這傢伙什麼時候失去自尊心的？

「今年的預算編列中，有個文化社團分配到二十萬圓。順帶一提，去年棒球社拿到三十萬。而那個文化社團謝絕了這筆預算。學校的錢他們一圓也不打算用。」

眾人一陣譁然。

「如果當事人間談好轉移預算，其他社團應該不會有意見吧～我可以當中間人哦～」

日野原學長唱歌似地嘀嘀咕咕。

「什麼社團？」我出於興趣問道。

「地科研究社。」日野原學長回答。

眾人再度吵嚷起來。你聽過嗎？沒有沒有。平時從沒聽過這個文化社團，似乎也沒繳出什麼了不得的成績，真讓人好奇他們究竟怎麼拿到二十萬圓。

「……有種可疑感。」當我根據經驗這麼說，與我有同樣經驗的春太跟馬倫也點頭。

「這件事清清白白，你們就相信我吧。」

「為什麼你會提供我們這個方案？」成島擦著眼鏡，投去懷疑的目光。

「回到開頭，我對你們的活動跟成果有興趣，想幫你們一把。」

「反正肯定有交換條件吧？」我噘起唇。

「當然。」日野原學長恢復嚴肅神情。「你們幫我一個忙，只要逮住地科研究社的社長，帶到學生會辦公室就行了。那傢伙逃跑速度快得嚇人，真傷腦筋。」

我腦中忽然浮現全力逃跑的安全帽女身影，連忙搖搖頭將景象甩開。

日野原學長繼續說：

「但絕對不能動粗。要徵得本人的同意，溫和將她帶過來。」

「我已經發現可疑的部分了！」後藤舉手發言。她還是一樣有精神，沒受到上次聯合練習會的失敗影響，我因此鬆一口氣。

「好痛！」我在後藤背上一拍。

「爲什麼地科研究社完全不打算用學校的錢呢？爲什麼社長要四處逃竄？」

眾人大大點頭。

「說明起來很長。」日野原學長拉開袖子，目光落到手表。「……唉呀，已經過五分鐘了。後續等放學再說，你們選一個代表出來。」

好幾隻手從我背後用力推。什麼？怎麼回事？我不經意一看，片桐社長已經搓著手走向日野原學長。

「向您獻上我們社裡的活力少女。」

「爲什麼我非得跟戴著安全帽的變態玩你追我跑不可！」

後藤訝意地轉頭看我。「學姊，妳見過那個人了嗎？」她閃閃發光的眼眸看過來。

「沒見過沒見過沒見過，我絕對沒見過！」

日野原學長從椅子上起身，露出一口白牙地搭住我的肩膀。

「又是妳啊，乾脆繳械吧。」

「可是人家很忙。」

「啊？說什麼很忙，那是時間多到用不完的愚蠢大人才會說的台詞。」

我淚眼汪汪地捏住日野原學長的鼻子。

「給我向全國的爸爸道歉！」

無視哼哼叫的日野原學長，片桐社長扯著我的手臂離開眾人身邊。

「穗村，妳能不能在這緊要關頭爲管樂社貢獻一臂之力呢？」

「什麼啦，你這背叛者。」

「講得好像我死要錢一樣……的確，錢或許必要，但我也知道錢不是一切。錢、錢、錢，要我們這種高中生被錢耍得團團轉，我可敬謝不敏。只不過是錢的問題，總有辦法解決。只不過是錢的問題，混帳，只不過是錢的問題……」

我知道了啦，知道了。

「比起這個，妳以爲我不知道嗎？」片桐社長突然壓低聲音。「妳打算自己一個人找打工吧。」

我陷入沈默，目光轉向聚集在角落的一年級社員。其中一名女生剛開始學小號。並非每個社員的家庭環境都像我一樣，能得到長笛當慶祝入學的禮物。她在沉眠於音樂準備室的樂器中一陣翻找，總算找到久經使用的小號，可是樂器當時又髒又難聞。她每天擦得乾乾淨淨，反覆調音，珍而重之地吹奏著。要是送去專賣店，肯定能請人打理得更美觀，壞掉的部分也能全部修好，她一定會更珍愛它。打工這個手段或許不好，但我想用自己做得到的方法幫助她。

我們需要錢。

「好啦。」我小聲嘀咕地加上一個條件，「基礎練習已經完美無缺的那傢伙也要一起來。」

我指向籠罩在音樂教室的晨光中，貓一般瞇起眼睛悠悠哉哉的春太。

第二節下課。

換教室的途中，我發現一台打火機大小的收音機掉在走廊上，仔細一看上頭的耳機是鬆開的。我一陣沉吟地撿起。這是一台迷你收音機，跟爸爸的小型收音機比起來，感覺相差一個世代。電源開著，看起來像哪個人匆忙中弄掉的。收音機頻率是77.4MHz……無名氏頻率（註一）。

我立刻戴上耳機聽。

沙沙、沙沙沙沙，聽起來自遠方的浪潮與風聲響起。不出所料，正是FM羽衣電台。我居住的市內有一個著名海岸，很久以前，傳說一名天女在那裡被奪走羽衣。不知道是否因爲沒有預算，還是我無法想像的崇高理由，這個電台有時會在白天即時轉播市內景點的喧囂聲。他們是將這當成大自然演奏的心靈音樂呢，還是浪費訊號呢？我懷著八成是後者的心思地漫不經心聽著，突然，浪潮另一頭傳來熟悉的說話聲。

〈阿安（註二）！快爬上來，手腳並用地爬上來。你是中途倒下的勤王志士啊！〉

〈佐清爺爺，請你安靜。現在我不是阿安，你也不是阿銀。爲什麼要妨礙我錄製海浪聲呢？〉

註一：此為文字遊戲。774的日文讀音是「nanashi」，音同無名氏的「nanashi」。

註二：一九八二年的電影《蒲田進行曲》的角色，演員安次為了崇拜的大哥銀次郎，奮不顧身演出勤王志士被阿銀飾演的新選組副長土方歲三砍落樓梯的危險戲碼。

〈阿安的使命是從樓梯上摔落，也是阿安的終點——〉

〈請你聽人說話。〉

這是KAIYU跟DJ佐清的聲音。

我記得這位是前舞台劇演員，他是七賢者中最痴呆的爺爺。

〈節目還沒開始嗎？〉〈所以我才不想帶你來啊！〉〈你難道看不到浮現在我背後「孤獨」的「孤」字嗎？〉〈拜託你靜靜坐著！〉

爲什麼白天就聽得到他們的聲音？

我很想繼續聽這場混亂談話的後續，不過下一節課的上課鐘聲響了。

放學時刻到來。

在昏暗的視聽教室中，日野原學長興高采烈地準備投影機。

我跟春太端坐在椅上望著銀幕，日野原學長拿著教鞭站在講臺上。這幅景象讓我有種似曾相識感。銀幕上跳出圖片，那是一張戴著安全帽的女學生正面照片，安全帽上裝著小小頭燈。也許是用手機拍的，畫質很糟。

日野原學長念出手邊厚厚一疊資料：

「她的名字是麻生美里，就讀二年D班，地科研究社的社長。社員人數只有八人，但跟發明社不同，他們團結得要命。順帶一提，她是問題學生，名列學生會執行部管理的黑名單。去年拆除部分舊校舍的前一天，她假借實習的名義半夜潛入，讓自己的社員練習如何挖掘。他們差點因爲損毀器物遭到檢舉，最後靠學生會的力量壓下這件事。妳就把她想成跟戲劇社的名越，以及發明社的萩本兄弟同類。」

我從椅子上站起，嘴巴一張一闔，鼻息急促。麻煩告訴我這件事哪裡清清白白了。

「她是個美人呢。」

春太輕聲說。他不是以異性的角度，而是宛如望著做工精美的工藝品。他的口吻簡潔斷定。春太沒發現自己這種說話方式總是讓我冷汗直流。

我再度端詳麻生的照片。她有著黑長髮、小巧的臉蛋、如娃娃般端正的五官，以及雪白的肌膚。安全帽很礙眼，不過她確實是美女。

日野原學長讀出資料：

「我大略說明，首先從地科研究社的活動開始。一般來說，這是探索天文、氣候、地質這三個分野知識的社團，具體活動分別是天文觀測、天氣預測跟採集礦物。但麻生去年入學時，地科研究社已經面臨廢社的危機。」

「而麻生一手重建起來了。」

我應聲。從這段話的走向來想，當然是這樣。

「沒錯。她這人有趣的地方在於，她只專注一個分野，那就是地質活動；同時又僅限地質活動中一個類別，那就是很有高中生風格、引人好奇的『寶石挖掘』。挖掘寶石以外的事，她都沒有興趣。順帶一提，他們的社辦就在發明社旁邊，拉門上貼著『只有寶石不會說謊』的告示。那裡很有意思，你們下次要不要到那邊玩玩？」

話題轉向奇怪的方向了。她究竟是從哪個世界來的寶物獵人，爲什麼我身邊聚集這麼多腦子怪怪的人呢，難道我是磁鐵？

「日本挖掘得到寶石嗎？」春太發問。

「其實很多種類都採得到，但數量稀少。說到底，日本私有地很多，挖掘本身就有限制。要是被發現擅自入侵，問題可就不只是被罵，還是犯罪。」

「我開始感興趣了。」春太坐正。「那麼，去年麻生率領的地科研究社繳出什麼樣的成績單呢？」

「你們務必記著，麻生的優點之一就是『選擇與專注』。他們的作爲是如此，交出的成果也是如此。他們去年擔任助手，和縣立大學地科研究社的地質組同行。」

「……縣立大學的地科研究社？去年上過報吧。」春太有了反應。

「上条，你腦袋轉得眞快。」日野原學長嘴角一揚。

「你會看報紙？」

我不禁看向春太。此時，日野原學長用教鞭敲了敲銀幕。

「現在就由我這個溫柔又備受仰慕的學生會長爲你們做簡單易懂地說明。去年一年間，縣立大學地科研究社的地質組採取了奇妙的行動。」

「……奇妙的行動？」

「對。一般地質組的活動是地質調查。地質調查就是走訪各地挖掘跟採集，你們就想像在有地層出露的懸崖拿著錘子敲打的畫面吧。」

我在腦中想像出這個畫面地點頭。

「在他們的地質調查之旅中，高中生的麻生他們也同行了。不覺得哪裡不對嗎？」

哪裡不對……學校的錢他們一圓也不打算用——我想起日野原學長的話。

「錢的問題。調查要錢吧？他們怎麼籌到的？」我問。

「沒錯，正是這個問題。」

「也對，電車費跟住宿費應該也不可小覷。」

「當然，麻生他們一圓也沒花，頂多花了自己做便當的費用。他們用自己的力量，改變了活動。那一年，縣立大學地科研究社的地質班在活動中加入市內的徒步走訪之旅。我先說好，市內可沒有能夠挖掘礦石的地層。」

我疑惑地側過頭。

「百貨公司的地板或牆壁的花崗岩中，有時也會混雜著菊石化石，對吧？你們可以想像他們就是在找這種東西。他們走訪有紀念碑的公園、設施廢墟，徹底確認過每樣花崗岩二次加工物、建材跟展示品。」

日野原學長切換銀幕上的影像，一張剪報跳出來。他念出那則報導：

「……一般來說，花崗岩中的礦物顆粒約只有數公釐到數公分，含有比這更大的花崗岩就叫『花崗偉晶岩』。有些花崗岩中間會存在空洞，內含美麗的水晶、石榴石或黃玉結晶。縣立大學的地科研究社深入調查從明治時代初期開始，在市內流通的『花崗偉晶岩』紀錄。經過他們鍥而不捨的調查，他們從已關閉的鄉土資料館廢棄展示品中挖掘到四公分見方的彩虹榴石，達成一大壯舉。」

彩虹榴石……我屏息傾聽。這聽起來好厲害。

日野原學長的目光移向手邊資料，他繼續說：

「他們的壯舉獲全國發行的報紙報導，同時也在電視上播出。拜此之賜，縣立大學的地科研究社受到肯定。但是高中生的麻生他們在背後推動這些大學生。他們細分了市內花崗偉晶岩的流通途徑與時期，並且將挖掘到彩虹榴石的可能性及根據整理成多達一百二十頁的報告，提供給縣立大學的地科研究社。不只這份資料，他們以自己雙腳與耳朵得到的情報及證據，連我這個外行人也看得出內容可信度多高。」

我睜大眼睛，深深吸一口氣。

銀幕上再度秀出麻生的照片。我看了好幾眼，困惑地歪過頭。

「她是……天才嗎？」

「妳沒搞懂啊，穗村。」

我噘起唇。

「麻生他們認眞思考過身爲高中生的自己能做什麼。他們爲了與大學生平起平坐，不是努力學習專門地質學，而是市內歷史。市內歷史並非從資料得知，而是來自活在那個時代並生活至今的人們口述。他們一定深入尋訪過石材加工業者、學校關係人士（因爲有紀念碑）、老人的住處。奈良縣吉野郡的天川村附近挖掘得到花崗偉晶岩，他們八成追溯過往資料，一心追查那裡的流通紀錄。可以成功挖掘出來，這項壯舉並非偶然。」

默默傾聽的我傻住了，有種自己變成笨蛋高中生的感覺。最後，我還是動用所剩無幾的自尊心舉起手。

「怎麼了，穗村？」

「……我不懂，你有個重要的地方漏掉沒講。」

「哪裡漏掉了？」

「明明有這麼大的貢獻，我卻從沒在全校典禮看過地科研究社拿到表揚獎狀。」

「對啊對啊。」春太也附和。「報紙也沒刊登。麻生那些地科研究社成員的活躍大概完全沒有公諸於眾，管樂社大部分的人都不知道這個社團。」

「妳是說這個啊，看來我應該先說明才對。功勞全讓給大學了，完全沒公開他們的協助。」

「啥？」我伸長脖子哀嚎。「太可惜了。」

「是啊。不過多虧他們去年的活躍，縣立大學的推甄名額增加一名。校長直接下達指示撥給他們二十萬的特別月預算額度，這在公立學校是特例中的特例，不過其實還有其他理由。」

「其他理由？」我重複他的話。

「對。麻生他們回絕了這筆特別預算。我敢斷言，他們毫無疑問絕對不會動用這筆錢。他們是會把跟學校拿到的錢馬上放進攪拌機打碎的人，對學校厭惡至極——比起厭惡至極，更正確來說是痛恨至極。他們不與其他社團交流，也不在班上交朋友，出席日數勉強拿得到學分。」

感覺哪裡有矛盾。日野原學長似乎從我的表情察覺到我的心思。

「穗村，這個世界上就是有做到這種程度，卻還是會來上學的學生。」

他好像在打啞謎。

我看向身旁的春太，他雙手在後腦杓交握地望著銀幕。我嚇了一跳，因爲他若有所思地投去認眞、甚至可說過於熱烈的眼神。爲什麼？

不久，春太一臉侷促地開口：

「學長，差不多可以告訴我們，麻生率領的夢幻隊伍眞面目吧？」

「上条也隱約察覺到了？畢竟你有一段時期差點變成那樣。」

「算是吧……」他語帶含糊。

怎麼回事？僅有我一個人搞不清楚狀況。

「反正你們遲早會知道。在奇怪的閒話傳入你們耳裡前，我就親口明說吧。」

日野原學長停下約兩次呼吸的空檔，接著告訴我們：

「地科研究社是**前家裡蹲學生**形成的集團。麻生自己在國中三年間上課日不到三個月。地科研究社是麻生建立的避難所——也是療養區。」

「我不知道麻生發生過什麼事，但她一進入這所學校就成立地科研究社。接著她說服七位家裡蹲學生，用參加社團的形式讓他們重新到校上課。只有一位男學生，麻生無法說服，他很遺憾地留級了。不過她還是做到生輔老師做不到的事。」

我好像明白她受校長另眼相待的理由了。

「……不好意思，」我放低姿態問，「請問她怎麼說服家裡蹲學生的？我將來預定要當媽媽，希望學長告訴我當參考……」

日野原學長將銀幕上的影像切換成麻生的照片。

「用這副美貌。」

接著他用教鞭指向我。

「她直接闖到家裡，面對面告訴他們『我無論如何都需要你的力量』。」

我偷看春太。你怎麼想？春太深深點頭。咦？這樣也行？

「穗村，這在好萊塢電影或動畫的世界中，是經典的故事模式哦。」

「啥？」

「你是勇者的後代，被選來拯救世界。以麻生的美貌，就算對方是女生也能起作用。上条，你不覺得嗎？」

「我大受感動，簡直有個改變平凡日常的女神降臨了。」

我聽不懂。春太的嘴角忽然浮現笑意。

「不過麻生確實爲自己的話負起責任了吧？」

「是啊。她對他們說出自己偉大的夢想，以及實現夢想的詳細計畫。他們分享同樣目標，分工合作。這就是重點，這些人長久煩惱著自己不被世界需要，因此這項目標萬分重要。妳可以看看地科研究社的社辦，很驚人哦。社員將家裡電腦全搬到社辦，裡頭滿是電線，看起來就像竹籠蕎麥。」

偉大夢想……「他們的夢想是什麼？」我抱著坦率的心情問。

「第一年是挖掘彩虹榴石。」

「等等，功勞不是全讓給大學了嗎？」

「如果你是說功勞跟名聲，結果是這樣沒錯。」

我默默屏住氣息。

「公開的結晶有四公分見方，但麻生留下一顆六公分見方的結晶。她給我看過一次，那是一顆會讓人發出『哇』一聲驚嘆的美麗彩虹礦石。」

「留著做什麼？」雖然不願出口，但我還是想問：「爲了錢？」

「不是爲了錢，而是得到成功的體驗。一般高中生做不到的事，他們卻達成了。挖到彩虹榴石的那天，地科研究社社辦傳出的哭聲沒有停止過。聽說麻生將礦石放進時空膠囊，埋到校園的某處。他們約好幾十年後要再相見。」

我濕了眼眶。

「……她是女神。」

「她戴著安全帽有什麼理由嗎？」春太問。

「聽說是用來切換日常與非日常的開關，她也說這樣就不會有輕浮的男人接近，很方便。她對談情說愛完全沒興趣，戀愛思考迴路也是零。這也是她受到社員支持的理由。」

「因為讓人幻滅的要素之一就是戀愛呢……」

春太深有同感地回應，我瞪大眼睛心想，你竟然好意思說這種話？

「為什麼麻生要到處躲日野原學長，而我們又非得把她帶到學生會辦公室不可？她明明就可以更抬頭挺胸、光明正大一點。」

「重點就在這裡。麻生他們今年原本也要跟縣立大學的地科研究社一起行動，畢竟他們還是需要大學生的知識、經驗與挖掘技術。他們已經查明市內藏有另一種超越彩虹榴石的礦石，當然備受期待。然而，麻生他們中途下車了。大學再三聯絡，他們卻回一封冷淡的信。我也收到副本，現在我用投影機放出來。」

【是的，那個已經找到了，不過我要假裝沒找到。謹此】

「他們跟大學本來就沒簽什麼契約，只有口頭約定的志工關係。大學不僅顧慮到他們高中生的立場，也想知道背後原因。他們表示透過第三者來處理也沒關係，所以這件事就落到我這個學生代表的頭上。受不了，這讓我窺見骯髒大人特權世界的黑暗面。」

我也窺見學生代表任意使喚一般學生的骯髒計劃了。

「因此就算管樂社社員總動員跟她玩捉迷藏也無妨，你們拉攏麻生，把她帶到學生會辦公室。至於預算轉讓的問題，我會以雙方同意的形式幫你們處理好。」

我縮起肩膀，低下頭嘀咕道：

「聽完這些話，我開始覺得不好意思請他們轉讓預算了……」

「啥？那筆錢要是沒有人用掉，他們可會折成紙飛機從校舍頂樓射出去。」

我的喉頭深處發出哀號。

「今年他們預定挖掘什麼礦石？」春太突然想到似地問。

「黃晶，天然的藍黃晶。」

日野原學長的視線投向窗簾縫隙溜進來的暗紅陽光。

「──別名落日寶石。」

4

我回到家後決定晚點吃晚餐，快步跑上樓梯衝進臥室。

我從書桌抽屜拿出小型收音機。現在是晚上九點十分。我順路拜訪了成島家，回家時間晚很多。我稍微打開窗戶，拉出天線，將頻率轉到FM羽衣電台。手動眞令人不耐煩。

〈……進入「七賢者人生諮商」前，首先是每週二的慣例蓋台時間。今晚延續上週內容，由DJ佐清登場來分享自創童話。接下來他要朗讀「龜兔賽跑」數十年後的故事。〉

趕上了，DJ佐清正按慣例開始朗讀童話。

這是名爲「KAIYU創作故事」的復健，今晚DJ佐清也要挑戰舌頭不打結地念完故事。要是他舌頭打結，後續就要等下週再繼續。不愧是前舞台劇演員，他的朗讀相當有磁性。加油啊，DJ佐清。

電台播出主題曲「眞羨慕人類」（註）的旋律。

眞羨慕～眞羨慕～眞羨慕人類啊～

〈……贏得比賽的烏龜將獎金當成本錢投資外資，踏實擴張不動產業，變成大富豪。而牠以比賽爲本寫下的自傳《專心☆致志》刷新熱銷紀錄，牠自己則成了動物界的重要人物，更進入政壇，站到有權實施「今年內解散十二生肖！」這項公約的位置；另一方面，敗在烏龜手下，兔子在動物界失去信用，遭動物郵局解雇後失蹤。牠拋下的妻子白天在便當店工作，晚上在「粉紅兔歌舞廳」兼差以養大孩子。時光流逝，又要再度舉辦「龜兔賽跑」。烏龜的孫子開著特別訂製的卡麥羅跑車來到起跑線；據傳當過傭兵的兔子孫子則不見身影。此時，特別訂製的卡麥羅車窗上突然出現彈孔。烏龜孫子迅速升起防彈玻璃，牠看著從觀眾席屋頂狙擊的兔子孫子，大聲放話：

「剛才那是起跑的信號嗎？」

兔子孫子不知道賽跑會場是烏龜財團的私有地，牠點起一根雪茄，颯爽地跳傘降落——〉

DJ佐清朗誦到兔子孫子被特製卡麥羅撞飛的情節時，他的舌頭打結了。咦？兔子孫子的安危呢？DJ佐清的聲音無情淡出，主持人KAIYU的聲音響起。

註：已停播的節目「漫畫日本童話」的片尾曲。

〈——DJ佐清的蓋台時間比上週長兩分鐘，這次是四分三十二秒。能夠播放愉快的復健片段，也是多虧各位聽眾寬宏的體諒之心。那接下來就按日前所說，從DJ定吉的搶婚故事開始吧。〉

人生教祖定吉竟然搶婚……他這種激烈的活法讓我一陣暈眩。現在已經不是讀書的時候了，我振作精神調高收音機音量。

〈定吉爺爺，新娘穿著白無垢坐在人力車上，一路由街燈領路又伴著媒人與親戚，她那身姿搖曳的光景，宛如像狐狸娶新娘。〉

〈是啊。不懂如何戀愛的年輕人自古至今都很多，當時相親結婚的年輕人占壓倒性多數，尤其是鄉下……〉

〈就算是這樣，這也不構成定吉爺爺騎馬趕到現場，堵住道路的正當理由。〉

馬啊。但我也覺得只要有馬就夠了。

〈……對了，原來定吉爺爺有騎馬的經驗？〉

〈沒有，我跟朋友硬借來的，僅跟他學了停住馬的方法。〉

〈眞是的，人生最重要的時刻這麼亂來。簡直就像達斯汀・霍夫曼主演的《畢業生》一樣的故事呢。〉

〈這次的諮詢者是誰？〉

〈暱稱是「自殺預備軍」，請你不要忘記。〉

〈自殺啊。這讓我想起大約兩年前，有個國中女生打電話進來諮商。〉

〈我記得，她一開始抱著開玩笑的心情打來的。然而……〉

〈那個少女其實也想死。〉

〈是啊，最後害她大哭了。〉

有種感慨的氣氛。

〈你叫「自殺預備軍」是吧，我覺得你的狀況還算好。因為升學考試考砸就認定自己是人生失敗組，那可就錯了。人生本來就沒有所謂的勝負，升學考試不是比賽，成為社會人士後的出頭競爭也不是一種比賽。這種取決於當事人努力的事情沒有勝負可言，請不要誤會了。〉

〈定吉爺爺，你說得很好。那請你以人生教祖的身份，給聽眾更進一步的建議。〉

〈在意勝負的人，就拿所有的錢去店裡打麻將或小鋼珠吧。你可以經歷到直截了當、壓倒性又不講理的失敗經驗。要找我商量就等那之後再說。〉

〈感謝你一如以往的難懂說明。〉

〈沒什麼，不必道謝。對了，你剛剛說的那部電影是好結局嗎？〉

〈很難講，不過對當事人來說——〉

聲音中斷了。

我像拿著酒保的搖杯一樣抓起收音機猛搖，但轉成其他頻率或更換電池也聽不到聲音。爸爸的老舊小型收音機壞掉了。物品的使用期限真是無常……

我帶著滿心不捨地脫下制服更換衣物。我一面將腿伸進牛仔褲裡，想起KAIYU跟定吉的談話。人生的勝負——我這次感到一種哀愁，或者是寂寥。關於想死的國中女生，這根本是活在幸福中的我無法想像的狀況。

當我快步跑下樓梯時，聽到廚房傳來熟悉的聲音。

「今晚吃咖哩嗎？」「這樣啊，咖哩啊。」「咖哩……啊。」「我就猜是咖哩。」那是春太的聲音。媽媽似乎正喜孜孜地將咖哩乘到飯上。我放輕腳步。

「啊，伯母，不用準備我的湯匙。我帶著環保筷子。」

「夾起來又掉下去、夾起來又掉下去……簡直就像小千的初戀呢。」

我聽著媽媽的大笑，踩著重重腳步跳進廚房。春太正在餐桌邊用筷子艱難地吃著咖哩，他接著轉身面向我媽媽客氣地說：

「不好意思，伯母，差不多該給我湯匙……」

「不用給他湯匙。」我打斷這句話，在春太面前坐下。

春太用筷子狼吞虎嚥地努力清空盤子。我還是第一次看到用這種方式吃咖哩的人。我一時沒了食慾，用湯匙攪動自己的咖哩地問春太：

「你來白吃晚餐嗎？」

「不，我是來報告的。」春太說出這句話後沒說服力地逕自伸手拿沙拉。「今天社團結束後，後藤那些一年級生發現了麻生，然後奮不顧身地追著她跑。」

我拿著湯匙的手停住了。「幾點的事？」
「七點過後。不過被老師抓到之前，我就把他們勸回家了。」
我鬆了口氣，再次動起湯匙。春太喀喀有聲地啃著小黃瓜。
「別再這麼做了。」我嚴肅地說。
「妳是說不要再追著麻生到處跑嗎？但日野原學長已經送出宣戰信了。」
「宣戰？有回信嗎？」
「就是因爲收到回信，才會追著她跑。她說，【來啊。謹此】」
「什麼東西啊。」我差點摔掉湯匙。
「片桐社長已經決定明天練習前，動員所有社員布下天羅地網。地科研究社似乎也打算全體社員一起迎擊。」
我想到戰國時代的會戰。
「……大概是因爲感受到極限了。」春太壓低聲音，將小番茄扔進口中。
「當然，我們不可能一直受日野原學長關照。」
「不對，是麻生感覺到極限。」
「什麼？」
「小千撿到的那台迷你收音機，失主好像已經到教職員辦公室領回了。聽草壁老師說，那是麻生的東西。」

咦？真的嗎？我有點驚訝。春太嚼著食物地動著臉頰繼續說：

「這種沒意義的追逐，還是盡快結束比較好。」

「有辦法結束嗎？」

「我思考過麻生【已經找到了，不過我要假裝沒找到】這句訊息是什麼意思。如同字面所述，她應該已經鎖定落日寶石——藍黃晶沉眠的地點，但基於某些原因無法挖掘，她也不想將位置告訴任何人。」

「……爲什麼？」

春太用隨身攜帶的袖珍包面紙擦嘴。

「因爲他們也發現了這個城市中隱蔽小村的所在地。」

隔天放學後，社團活動令人驚訝地突然喊停。平時大家假日也會練習，所以我以爲眾人肯定會自主練習，哪知道後藤他們在校內的操場上東張西望、晃來晃去，片桐社長也雙手貼在嘴邊，大喊「麻生在哪裡」。

我爲了尋找讓社課暫停的草壁老師而到處走，最後在校舍四樓的圖書室找到他。窗邊長桌的一角，堆滿從隔壁鄉土資料室搬來的資料夾跟書。草壁老師獨自坐在那裡沈思，眼神望向操場。

我靠近草壁老師，低頭向他道歉。

「真抱歉，大家都是笨蛋。」

跟草壁老師四目相交時，我心跳加速。

「我嚇了一跳，沒想到你們跟地科研究社認識。」

「……請問，老師之前就知道地科研究社了嗎？」

「二年級的麻生美里在教師間是個名人。雖然她本人跟社員都有點學分不足，不過大家一致同意要讓他們順利畢業。」

此時，我背後響起安靜的腳步聲。

「謝謝老師。」

我不由得跳開。穿著制服的麻生站在那裡，她今天沒戴安全帽。麻生深深行了一禮才抬起頭，長髮從肩頭滑落。近看更讓我覺得她是個美女。

「不好意思，要妳專程跑一趟。聽說妳喜歡寶石？」

草壁老師轉過頭，用沉穩的聲音問。

「……是的。」麻生往前幾步，伸手放上靠操場那側的窗邊。

「方便的話，可以告訴我理由嗎？」

「判斷寶石價值，靠的不是年齡也不是經驗，而是照亮寶石的陽光。」

「陽光？」草壁老師一副摸不著頭腦地問。

「美的並非石頭本身，而是石頭會把陽光轉換成更美麗的光芒。有人告訴我，要是在外頭的世界遇到痛苦或絕望的事，就要試著靠自己改變光芒的模樣……那個人以從前送給太太戒指上的寶石爲例，這樣告訴我。」

「這樣啊。」草壁老師閉上眼睛。「我從上条同學那裡接手這件事了。聽說妳需要一個口風緊的老師協助？」

麻生點頭，接著她瞥我一眼，似乎很在意我在場。

「妳在意她？日野原同學聯絡的時候，應該有提到上条同學跟另一個人的名字。」

「穗村……」麻生短短低語。

「上条同學跟穗村同學也是當事者，已經涉入太深。讓他們知道比較好。」

我訝異地注視草壁老師，而麻生收回視線。

「好吧。」

得到她的同意後，草壁老師拿出一個信封。

我一看到正面的文字就屏住氣息。那是退學申請書。

「……這是去年留級的男學生提出的，他的班導寄放在我這裡。」

麻生若有所思地注視著退學申請書。

「上条同學知道他的身份後，似乎大感震驚。我想妳大概早已隱約察覺，但又覺得不可能有這種事。」

草壁老師的目光移向堆在長桌上的書。

「這裡都是礦石相關的書籍。有的來自鄉土資料室跟圖書室，有的是上条同學從市內圖書館借來的，調查整理起來還眞花時間。藏在那人住所的祕密、老人從市內消失的謎團、『花崗偉晶岩』原本的用途、你們這次不自然的行動……四件事可以連結在一起。」

麻生默默聽著老師的話。

「你們在這所學校中保護自己的避難所，而這段期間市內也有與你們同年的男學生拚命守護另一個避難處。妳追尋藍黃晶礦石的時候，碰巧抵達了他所在之處。」

麻生又點頭。草壁老師繼續說：

「那就是藏在這個市內的無照老人養護中心。妳已經無法處理了吧？」

「是的……」

麻生的臉悲切地扭曲，彷彿總算從默默承受的沈重壓力中得到解放，她腳步一晃。

我連忙扶住她。

5

夜晚的住宅區彷彿獨立於世，被寂靜包裹著。

草壁老師跟我與春太走在一起，麻生跟隨在後。越進入住宅區深處，我注意到空屋變得越多。有的屋子被牢牢鎖住，也有屋子每扇窗戶的擋雨板都被關上。完全遠離住宅區的寂寥一角，出現一扇老舊門扉，門牌標著「睡蓮寺」。

無照老人養護中心……我搞不太懂，這裡難道是寺廟？

草壁老師按下門鈴，隔了短暫的空檔，對講機傳來「你好」的少年嗓音。

「我是事前打過電話，清水南高中的草壁信二郎。」

「請稍等。」

對講機的聲音中斷了，這次隔很長一段空檔。我望著麻生。她低垂著頭捏緊垂在纖細身體兩側的手。不久，門開了，一名穿襯衫跟斜布褲的少年現身。他的眼睛下方浮現黑眼圈，兩頰削瘦，過長的頭髮紮在後腦勺。

「你是一年Ａ班的檜山同學吧。」

「……不好意思，」他像耐不住草壁老師的視線壓力似地別過目光，望向我、春太以及麻生，「你們難道是我的同學？」

「不是，很遺憾沒能跟你同年級。」春太回答。

「這樣啊……」他一臉尷尬地低下頭。「我幾乎沒去上學，還留級了，你們應該不認得我這張臉吧？」

「臉是不認得沒錯。不過呢，」春太直視他，「如果是你的聲音就認得了。在場的三人一直豎起耳朵傾聽你的聲音。」

「什麼……」

「我早就想見見廣播主持人KAIYU了。」

檜山界雄（Kaiyuu）睜大眼睛，然後像一下子放鬆似地擺出笑容。

「我本來還有自信不會曝光的。無論在市內怎麼找，都不會見到定吉或阿米。」

界雄領路在前，帶我們參觀寺廟院落。雜草叢生的另一頭響起蟲鳴聲。

頭上星星閃爍，夜色澄淨。一面走，界雄緩緩告訴我們：

「我老爸用出家的名義留下他們，七賢者全待在這座古寺……該從哪裡說起呢？對了，還是從頭說起好了。一開始有個獨居的施主臥病不起，我們寺院幫忙看顧。我老爸是個老好人，就這樣收容了一些爺爺和奶奶。有一天，出現了聽到傳聞而把痴呆的爺爺拋棄在寺院裡的家庭。老爸跟我當然很生氣，我們牽著爺爺的手回到他家人住處，結果爺爺說，夠了，回寺裡吧，還說好幾次。我想我跟老爸的腦子從那時就變得有點怪怪的。」

我緘默不語地注視著與我同年，本該同年級的界雄雙手。

即便光線不足，我仍然看得出他的指尖粗糙不堪。

「但這樣下去會有問題吧？」一面走，草壁老師一面問。

「公開就糟了。」界雄的聲音很堅強。

「接下來要怎麼辦？」

「我明白現在已經到極限了。我老爸正在尋找願意收容七賢者的地方。」

「我問的是你。」

但他沒有回答。

五人的腳步聲在寺院境內迴響。

春太從剛才起就大動作地東張西望。我用手肘頂頂春太，小聲問：

「你在做什麼？」

「我在想現場轉播的天線在哪裡。」

宛如找到沈默的出口，界雄轉過頭來開口：

「哦，那個啊，我用電話線。」

「電話線……」春太眨眨眼。

「對，這是缺乏資金的地方電台常用手法。現在已經更進步，可以用手機網路轉播。老爸以前關照過的人裡有FM羽衣電台的員工，那個人提供了協助。」

「那個人爲什麼要協助你們？」春太追過界雄問道。

「對方希望我們這些努力躲進社會隱蔽處的人，擁有與社會聯繫的機會吧。」

「……你想得還眞深。」

「咦？」

「其實你很開心吧？」

「是啊。」界雄宛如惡作劇被抓包般笑了。「我很開心。這兩年間跟大家一起做這些事，眞的很快樂。被市民需要，我眞心感到喜悅。」界雄一臉滿足地說完，總算轉身面向草壁老師。「老師，你在電話裡說的是眞的嗎？」

「你是說黃晶礦石嗎？」

「我很難相信這種古寺會有那種東西。」

「寺院內還留有明治時代初期流通的特殊花崗岩。由於太硬不便加工，這種礦石有個常見的運用方法。」

視野驟然一片明亮，原來月亮從飄開的浮雲間探出頭。彷彿將人吸進去的青色在眼前鋪展，逐漸流瀉出柔和的光芒。

無數爬滿深綠苔癬的墓碑，成排出現在我們面前。

「——無名氏的墓，孤魂野鬼的墓碑。」

麻生首度開口，她的話受到眾人注目。

麻生走上前，將一樣東西放上界雄粗糙的掌心。那是一塊碎石頭。

「對不起。我擅自撿走送到大學分析過了。」

「妳偷跑進寺院嗎？」界雄傻住了。

麻生點頭，用擠出來的聲音道歉：「對不起。」

「這樣啊，」界雄恍然大悟地張大眼睛，「原來不是老師知道這裡的祕密，而是麻生。」

被叫出名字，麻生訝然抬起頭。

「聽聲音就知道了。妳去年打過好幾次電話，邀我參加社團吧。很抱歉當時沒辦法請妳進來坐坐。」

麻生搖頭，雙手緊握住界雄的手。

「要是找到黃晶礦石，那些全屬於你們。」

界雄搖搖頭，一臉困惑。「……麻生你們不需要嗎？」

「我們不需要。相對的，請代我跟定吉爺爺道謝，跟他說曾有個想死的愚蠢國中生，因為對他愚蠢的回答感到火大而打消去死的念頭。」

草壁老師的表情僵住，我跟春太也發不出聲。月光照亮了麻生的手腕，上頭恆亙著數條自殺未遂的舊傷。界雄垂下眼簾低語：

「我想起來了。那個打消去死念頭的……愚蠢國中生後來怎麼了？」

「非說不可嗎？」麻生露出困擾的表情。

「定吉應該想知道。他現在還是惦記著那個愚蠢國中生。」

「愚蠢愚蠢說個不停，眞是吵死了。」

但麻生的喉頭顫動，再度用力握緊界雄的手。

「那個人按照他所說，現在依然在尋找屬於自己的陽光。」

〈……等、等一下啊。〉

隔天晚上九點十一分，媽媽買給我的小型收音機傳來主持人界雄慌亂的聲音，他好像在跟七賢者爭執。出大事了。我忍不住坐在書桌邊調高音量。

〈不，我不等。〉ＤＪ定吉頑固的聲音響起。〈我要發功。〉

〈你應該是想說罷工。我要念明信片了。〉

〈不行，今天就是最後了。最後的諮詢者是你，界雄。〉

〈你痴呆了嗎？傷腦筋啊。〉

〈這是我們七人一致的意見。昨天學校朋友來接你了吧？我們一直在等這天到來，這樣一來你終於能解脫了。希望你告訴我們，你今後想做些什麼，又描繪著什麼未來。〉

我感覺得到界雄張口結舌好一段時間。

〈……拜託你們別鬧了。〉

〈開心點吧，你老爸找到收容我們的地方了。你偶爾來看我們就好，這就夠了。〉

一段令人窒息的沈默緊接在後。這是與以往播放事故不同的無聲時刻。

我不由得豎起耳朵。

〈……我開心不起來。我什麼都沒有了，事到如今不知道自己還想做些什麼。〉

〈這都是我們的錯，眞的很對不起你，我們不該賴在溫柔的你身邊。界雄，現在還來得及。如果沒有想做的事，回學校找找看就行了。至少你有過快樂的回憶吧？〉

〈……我在學校沒什麼快樂的回憶。〉

〈你遇到我們之前，不是在鼓笛樂隊打過太鼓嗎？〉

〈你說樂儀隊嗎？別提了，就算現在回去，我也不會被當成同伴接納。〉

〈如果學校沒有快樂的回憶，那應該有好玩的回憶吧？〉

我握緊小型收音機，內心一驚。難道說——

〈……好玩？〉

〈是啊，讓人哈哈大笑那種。總會有一個吧？〉

〈……讓人哈哈大笑的回憶……有啊。〉

〈哦，就是那個。講給我聽。〉

〈去年有個在停車場拚命吹長笛的女生很好笑。我覺得我吹的直笛好聽一千倍。〉

DJ定吉的笑聲響起，我從椅子上滑落。

〈……不過現在我不可能碰音樂了，況且手也變得這麼粗。大家應該覺得很難看，而且也不適合拿樂器。〉

此時，手機的來訊鈴聲響起。我連忙拿起，發現是麻生寄來的。

【能不能請你們用二十萬的預算好好鍛鍊他呢？拜託你們了。謹此】

我闔上手機。錢根本不重要。麻生這麼厲害的同年級生，竟然會拜託我這種人，光這樣就夠令人開心了。總之，我想我有闖到那間寺院發脾氣的權利。手機又響了，這次是春太打來的。他說爲了保全管樂社的威信，願意跟我一起去罵人。

等不到明天了，這是我們兩人共通的意見。

我急急忙忙跑下樓梯，準備跟春太碰面。

阿斯莫德的視線

只不過是區區換座位，但又是重大的換座位。

對老師來說，學校最重要的活動是什麼？

我到母校藤咲高中當實習老師後，第一個跟我說話的學生問了這個問題。她是我負責班級的學生。事發突然，我既開心又困惑，不過看到她手臂上的報刊社臂章，我才發現這不過是例行調查，只能露出苦笑。

我在運動會、藝文發表會、遠足、畢業旅行、社團都沒留下特別回憶，僅有一個活動烙印心頭。

那就是新學期舉行的換座位。我那個時代大多抽籤決定，老師做的紙箱中放有折成三角形的籤，大家輪流抽取，嚴正公平地決定座位。那種令人心跳加速的高昂感，我至今還忘不了。

當時我們有個自己建立起的教室世界。我們不像大人一樣擁有換工作、搬家這些逃避管道，也沒有喝酒發牢騷的地方，因此會頑強拚命地守住容身之處。但那種像玻璃一樣易碎的世界，會因爲寫在籤上的一個號碼幡然改變。

在學校生活中，大部分時間都要跟附近座位的人共度。要是能跟喜歡的人或朋友當鄰居就會很開心，若是跟討厭或合不來的人當鄰居就會滿心憂鬱。不過試著聊過後，偶爾碰到對方其實是個好人、個性親切等等的案例，有時會意外擴大交友圈。

換座位有趣之處，在於不可能所有人都滿意結果。有人高興，有人失望，有人無可奈何地忍耐，當中也有極少數派嘗試推翻已經決定的結果。

與視力不好的人交易，或把前排座位當成交涉資源，這種人就會學會如何動用手段。大肆抱怨、不惜造成眾人麻煩也要交換座位，這種人就會知道會吵的孩子有糖吃。長大出社會後，我發現換座位是人生的縮圖，成為我們寶貴的社會經驗。因此，若在短暫期間內實施就沒意義，每個新學期開學時換一次才合理。

而我現在負責的，是一個月內換了多達三次座位的班級——

理由完全沒公布，這是充滿謎團的換座位。

我負責的教室發生異常狀況。掌握關鍵的班上學生都保持沈默，指示換座位的班導師突遭停職。我搞不懂怎麼回事。他是把我找回這所學校的恩師。

某日，我被管樂社社員找出去，造訪我所負責換三次座位的班級。

藤咲高中管樂社創社以來，在東海五縣（註）只有三校會獲選的普門館出場過十一次，他們是傳統大社。

運動社團出身、臉頰留有些許痘疤的社長，與很適合綁辮子的副社長注視著我。

他們恐怕比我更為班導師的事情心痛，因為那人是他們的社團指導老師。這兩人至今不請自來好幾次。為什麼指導老師突然停職？這跟多達三次的換座位是不是有關？聽到這

註：意指日本本島中部地方與近畿地方靠太平洋側幾個縣，一般是愛知縣、靜岡縣、岐阜縣與三重縣合稱東海四縣，或是去除靜岡縣的東海三縣，但在全日本管樂競賽的東海地方組別將長野縣也包括在內，故稱東海五線。

些問題，實習老師的我也無法回答。

我比他們更想知道眞相。

我突然發現一件事。

今天除了他們，還有三名沒見過的學生。明明是外校學生，他們卻穿著不知從哪裡弄來的藤咲高中制服。他們好像是上条、穗村跟檜山，而社長跟副社長聯手隱瞞他們的身份。原來如此，我明白「這是最後了」這句話眞正的意涵了。這是他們的最後王牌。校外人士進入校內會遭到處罰，但大會預賽在即，爲了讓指導老師回來，他們抱著絕不後退的決心迎戰。

那麼，找我來究竟有什麼事呢——

1

……那是昨天的事。

我叫穗村千夏，擁有單戀草壁老師的內向以及堅韌心志的高二純情少女，情敵是童年好友上条春太。聽我說聽我說，我看到一個很恐怖的東西哦，我嘗試在筆記本上寫下我們的三角關係。〈♀→♂←♂〉實在太扯了，我這個女生要是輸掉怎麼辦？我該去弄來一副機械身體嗎？

校內繡球花開出美麗色彩的季節到了。

學校園藝社跟化學社合作，中庭通往正門的道路擺滿七彩繡球花花槽。第一次看見的人一定很驚艷，至於知道內情的文化社團只會想，啊，這兩個社團今年又為了撐場面用光預算了……忍不住對他們投以悲哀的目光。

為什麼化學社牽扯在內？我曾經問春太，但他只說「那是活著的石蕊試紙」。我最近問問題時，春太都不告訴我全部答案。意思是叫我剩下的自己查吧。

七彩的繡球花中，我最喜歡水藍色。悶熱梅雨日放晴時，水藍色顯得特別沁涼。而且繡球花花期意外久，一想到暑假也能享受涼爽的視覺效果，有種賺到的感覺。

儘管梅雨季後十分潮濕，不過雨季結束就會正式進入夏天。夏天是管樂的季節。換季後，我們這些管樂社成員已經完全習慣夏裝，每天都為了七月底的大會預賽不停練習。

晨練一週三次，中午練習自由參加，放學後的練習，眾人四散校舍，各自進行長音練習與音階練習。大家會事先決定好結束時間。有時根據晨練與中午練習狀況會提早結束。接下來，大家到音樂教室集合，所有人一起做一次長音練習跟音階練習。然後，我們會按照樂器或團體分組，練習比賽自選曲。結束時間大致在晚上七點到八點。

你問我期中考如何？多虧春太以晚餐當交換條件擔任我的家教，我總算設法度過難關。謝謝你，春太。

我目前全心專注合奏，空閒時間只有週末。我們該嚴格的時候很嚴格，因為大家都深知練習累積的成果絕對會在合奏中獲得回報。連成島跟馬倫這麼優秀的演奏者在基礎練習時都無比認眞練習每個半音音階，因此一年級生也沒耍任性，跟隨著我們的腳步。

我們的練習中，也出現新變化。

側耳傾聽就聽得到音樂準備室傳來的變化。

咚咚咚咚、咚咚咚咚……有人敲出準確節拍與音高。四分音符、八分音符又連接十六分音符，節奏不斷加快。接下來咚咚咚、咚咚咚……三連音、六連音、雙點。安靜片刻，咚咚、咚咚、咚、砰咚咚咚……他按基礎練習敲譜。同時左手跟右手敲出平均的鼓聲很難，明顯聽得出其他選擇打擊樂器的一年級生都拚命想追上他的程度。

沒錯，那人就是檜山界雄。

界雄回到學校，正式入社了。他將長髮綁在腦後，跟初次見面的時候相比，臉色已經好上許多。爲了彌補兩年的空白，他每天都面對著節拍器，用鼓棒敲自己作的練習臺，無論兩小時還三小時，他都能持續這種近似單調無聊的練習下去。我坦率地敬佩這份強大的耐力，甚至很不好意思自己學的是好懂的長笛。

界雄剛入社時，春太、成島跟馬倫都帶著在意得不得了的神態偷看他練習。打擊樂器是管樂的心臟。若正式上場的合奏發生意外，唯有打擊樂器不能亂了手腳。有時，打擊樂器的一敲甚至足以拯救樂團的困境。

其實還有另一個人對界雄在意得不得了，那就是芹澤。

她依然跟管樂社保持距離，不過偶爾偷偷出入音樂準備室，界雄的基礎練習譜就是她給的。我有一次壞笑著拉住她的制服，她隔天就帶著鬧彆扭的表情扔給我一個奶油麵包。她瞧不起我嗎？不過，我會吃就是了。

總而言之，新成員加入了，我們開始朝著夏季的正式上場助跑。我們正累積全力奔跑的能量，不留下任何遺憾。對我、春太還有片桐社長來說，去年由於社員不足，我們連參加大會預賽都做不到。今年就不一樣了。

……但以一個意外的形式，一件讓我們受挫的事情發生了。

放學後，一幅陌生的光景出現在音樂教室。

教務主任坐在窗邊的椅子上，那原是草壁老師的位置才對——

下午六點後，指導老師不在就不能逗留校內，所以我們緊急拜託教務主任過來幫忙。除了管樂社，教務主任還掛名數個文化社團副指導老師。

眾人視線不安地集中在教務主任的腦袋。教務主任戴著假髮，這是學校史上最大的禁忌。就連毫不在乎這種事的馬倫，也對一年四季都只穿有釦衣服的教務主任抱有純粹的好奇心。

今天一早就斷斷續續地放晴，整日吹著悶熱的風。雖然很想打開校舍四樓的音樂教室窗戶，不過令人心驚肉跳的教務主任讓大家坐不住。片桐社長連忙關上窗戶，主任便從懷裡取出扇子搧起來。

「他一定希望別人說破假髮的事吧，一定是故意的吧！」假髮連在扇子的風力下都會輕輕飄起，一年級的低音長號手後藤淚眼汪汪地抓狂。

假髮沒有錯，也沒什麼好奇怪。問題在於假髮明明太不自然，有時都歪了，當事人卻相信這件事絕對沒曝光。我覺得這樣不太好，大家覺得呢？

音樂教室的拉門應聲敞開，成島一手拿著錄影帶走進。那是自選曲的示範演奏錄影帶。接下來所有人要一邊看譜一邊看影片，加強演奏印象。

一年級準備好錄放影機的臺座，片桐社長擺著一張苦瓜臉，用遙控器播放錄影帶。

「教室好悶熱。」用樂譜當團扇搧風的成島嘀咕著。她平常絕不會做這種事。

「藤咲高中好像都在開冷氣的音樂教室中練習。」馬倫嘆著氣。

「眞好。」一位社員顯得很羨慕。

「畢竟是一大堆有錢人的私立學校。」另一位社員說。

「國王長了驢耳朵……我不行了，我可以去廁所喊幾聲再回來嗎？」亢奮的後藤獨自迎向情緒的高峰。

音樂準備室隱約傳來界雄不間斷的鼓棒聲。他不打算參加今天的影片觀賞會，逕自將抹布鋪在練習臺上敲個不停，似乎想反覆練習到身體記住。

影片播放到一半時，教務主任夢起周公，前後搖晃起來。他身體一搖一晃的節奏逐漸跟自選曲的節拍同步。

「……可惡，他到底來做什麼的？」片桐社長說得很焦躁。

「他乾脆就這樣一路夢到史前時代算了。」成島的心情也很糟。

「別這麼說，主任是人格高尚的好人。」馬倫試圖安撫兩人。

教務主任的假髮滑了下來，一年級生發出尖叫。

不在焉。

大家都無心看影片，一早就精神散漫，缺乏緊張感與規矩。這樣不行。明知道不行，我的視線也同樣離開樂譜跟錄影畫面，腦裡如一團糨糊。春太坐在音樂教室角落，完全心不在焉。

原因不是教務主任。

昨天草壁老師因爲過勞而住院了。我聽說每所學校的年輕老師都會被迫攬下學校種種雜務，負擔繁重。但我這次才知道草壁老師四月起就沒休過假。

基本上，我們學校週日沒有社團活動，不過部分運動社團是例外。管樂社也搭了這些例外的便車，硬在週日加練。我們被稱爲弱小管樂社，只能靠練習來彌補和強校的差距，而成島跟馬倫也很在意他們回歸管樂前的空窗期。仔細想想，草壁老師在假日也一定到場指導，從未僅留我們在週日的校園。每當拜託老師，他就會毫無不悅之色地指導我們個人練習，也會每天細看大家紀錄筆記的樂譜，改變教學方式。實在非常偉大。

我們或許太依賴草壁老師，太倚仗他了。我們很沮喪，討論了一番改善方法。而今天午休，一通指名找片桐社長的電話打到學校，讓我們得知意外眞相。

對草壁老師負荷量下致命一擊的，是來自藤咲高中的緊急求助。得知他們的困境，草壁老師才會陷入無法拒絕要求而兼任兩校指導的窘境。

「約好的時間差不多到了。」

當片桐社長的視線落上手表，眾人各有不同的表情轉變成團結的神色。藤咲高中管樂社社長跟副社長要來我們學校，到這間音樂教室。今天大家聚集在此，一方面是爲了看錄影帶，另一方面也是要跟他們見面。當中也有社員滿心憤慨，想看看他們有什麼臉來見我們。

錄影帶即將播放第二次，界雄悶悶的鼓棒聲咚咚地守著獨自的步調，緩緩從音樂準備室傳來。理應知道事情始末的教務主任一直打盹，不管叫幾次都繼續瞌睡，我們決定不管他了。

約定的五分鐘前，拉門被輕輕敲響。穿短袖襯衫打領帶，以及穿短袖襯衫搭緞帶，一對著夏裝的男女走進。等待已久，所有人都挺直背脊。臉上留有些許痘疤的男學生跟很適合綁辮子的女學生恭敬問好。

「——這次造成你們的麻煩，眞的很抱歉。我是社長岩崎。」

男學生彬彬有禮地低頭道歉，拿著糕點禮盒的女學生也深深低下頭，「我是副社長松田」。藤咲高中管樂社的社長跟副社長都是在四月交接，他們跟我們一樣是二年級。

兩人在一年級生準備的椅子坐下，與眾人面對面。

我們事前得到通知，他們的指導老師——在四校聯合練習中大吼的猩猩——堺老師因身體不適而跟學校請假。話雖如此，向外校老師，況且還是外校管樂社的老師求助實在太貪圖方便了，甚至該說是犯規。儘管現在確實是大會預賽前的重要時期，但我們也一樣。

在此之前，一直默默待在教室角落的春太突然有動作，他拉著椅子走近，插進我在的最前方一排並且坐下。

這傢伙沒問題嗎？片桐社長用眼神向我送出訊號。我細察春太的側臉，他神色冷靜。應該沒問題，我也用眼神回應片桐社長。

春太開口第一句話是：

「把大猩猩的頭拿來。」

他根本不冷靜。

大家一起摀住春太的嘴，把他推到後面。這次換後藤跑過來，她握緊雙手拳頭吶喊：

「把老師還來！」

什麼跟什麼嘛。大家一起摀住後藤的嘴，把她推到後面。這裡是相親相愛的小學班級嗎？各位——應該沒有會胡言亂語的人了——

片桐社長嘆著氣盤起胳膊，望著岩崎社長。

「但我不懂。你們跟我們不同，有各部門的幹部運作，畢業學長姐也會頻繁露面吧？指導老師不在，照理說也能練習。」

岩崎社長默默點頭。我對坐在隔壁的馬倫耳語：

「幹部、畢業學長姐……藤咲高中管樂社好像來自另一個世界。」

此時反方向傳來回答：

「前陣子只有他們A部門的成員參加聯合練習會，但全社總人數其實超過八十人。假如他們是近代管樂社，我們就是大火過後的戶外教室。」

不知何時復活的春太坐下來。岩崎社長跟松田副社始終低垂著頭，他們在腿上握緊拳頭。而片桐社長覺得難以處理這副局面地抓抓頭說：

「我們指導老師問題不大，聽說只吊了點滴，今天下午就出院了。老師明天就會回學校。」

聽到這句話，兩人放下心。但我根本無法安心。因脫水或過勞倒下住院一天，這種模式在我國中排球社時代也發生過。雖然只吊點滴，但會被醫生要求絕對要靜養。

「……你們這麼完備的環境都做不到，但我們指導老師做得到的事是什麼？」

聽到片桐社長平靜的疑問，岩崎社長緊閉的嘴終於張開。

「A部門的自選曲有雙簧管獨奏，負責獨奏的同學在上學途中碰到交通事故，騎腳踏車時摔倒導致手腕骨折，完全痊癒要兩個月。」

大家一片譁然。完全痊癒要兩個月，這樣趕不上決定普門館參賽權的分部大會。

「不是有三人吹雙簧管嗎？」因爲在聯合練習會一起練習過，成島探出身子問。

「……是的。有名三年級生有能力替補獨奏，但他要準備升學考而提出退社申請了。剩下那人——」岩崎社長難以啓齒地沈默片刻，「我們不可能得到他的幫忙。」

「爲什麼？」成島問。

「那個人反對選我當社長，現在社內還有反對派。」

眾人面面相覷。松田副社長無法忍耐地脫口而出。

「岩崎高中才學上低音號，一直努力至今。有人不滿他勝過資歷更深的人當上社長。」

岩崎社長說聲「好了」，試著安撫激動的她。

「……大社團也很辛苦呢。」片桐社長發出事不干己的感嘆。

「不好意思，」我有件在意的事情，於是對岩崎社長發問，「你高中才學，那你國中在做什麼？」

「我以前打手球。」他拘謹地道，難爲情垂下頭。「不過我的腰跟膝蓋傷一直沒好，不可能成爲正選球員，所以逃跑了。」

原來有人跟我有同樣的境遇。

伴隨著嘆氣，春太插嘴：

「破格提拔的新社長得不到反對派協助，就什麼解決方案都想不出來嗎？」

「剩下那人也跟我同年級。我再三拜託他，管他是反對派還是什麼都無所謂。但他遲遲沒決定，而且上個月重要的練習日中，他翹掉了四天，臨時爽約的壞習慣就是改不掉，也沒有彌補缺陷的穩健台風。考慮到其他以晉級爲目標的社員，我無論如何都無法大力推薦這個人選。合奏的主要成員也跟我意見相同。」

「那要怎麼辦？」換我問。

「要用超高音薩克斯風。」岩崎社長的眼神亮起來。

「……音色很像，根據編曲，可能挺有意思。」馬倫伸手支住下巴，佩服地說。

「沒錯沒錯，有個學姊很有實力，但因爲編制的關係，無法獲選比賽成員。她很有衝勁。她最初猶豫過，不過經過我們一番說服，她答應了。」

他這個人想必不會過河拆橋吧，我一邊聽一邊想。所以她才會答應。

同時，我暗自屏住氣息。我放眼望去時，大家似乎也察覺到同一件事。

大猩猩——更正，堺老師一次也沒有在這段話中登場，儘管狀況如此危急。他們試著靠自己的力量越過難關，堺老師則保持一定距離觀察，似乎隱約可見這種局面。社團運作完全由社員負責協商，同時由指導老師下妥善的最終判斷——明年我們就是要跟這麼厲害的高中競爭普門館資格嗎？大火過後的戶外教室——在奇妙現實感伴隨下，春太自虐般的形容浮現在我腦中。

「草壁老師大約什麼時候開始介入的？」

聽到成島平靜的詢問，岩崎社長垂下肩膀。

「堺老師向學校請假後。名義上是病假，還要持續一段時間，目前還無法預計他何時回來。」

「在這種重要的時期嗎？」片桐社長蹙眉。

「……是的。」岩崎社長出現慎選言詞的口吻。「超高音薩克斯風的編曲是麻煩堺老師幫忙，但完成的譜難度很高——不過這也很有那位老師的風格——必須一邊練習，一邊反覆修正。我們需要的不是平凡的音樂老師，而是專業人士的建議。」

「喂喂喂，等一下。」片桐社長打斷他。「如果是那位頑強的老師，他就算躺在醫院病床上也會協助指導。」

岩崎社長垂下頭，心事重重地一手摀住臉。他沈默一段時間，不久，他下定決心般拿開那隻手。「其實堺老師並不是請病假，而是突然被停職。」

「停職？」片桐社長露出訝異神情。

「對，一開始我們還會在外頭見面，但後來學校嚴格禁止我們接觸。只靠電話交流有極限，而且須在預賽一個月前完成樂譜。我們無計可施的時候……出現了一位願意幫助的老師。」

「事情總算連起來了。」成島說。「不過跟之前聽說的有出入。」

「不，就結果而言，還是形成了我們向老師求援的局面。草壁老師勉強自己陪我們到深夜，眞的很抱歉。」

馬倫疑惑地側過頭。「草壁老師怎麼知道你們的困境呢？」

「大概是堺老師說的，他們兩人在聯合練習會中交情變得很深厚。」

交情深厚？我眼裡完全看不出這種跡象。堺老師老是在聯合練習會怒吼，還是一有空檔就到陽台抽一根的老菸槍。大概觀察到我的表情，岩崎社長說了聲「那個……」當開場白後說：

「你們是不是誤會堺老師了？雖然外表那樣，但他是出色的指導老師，對草壁老師也有很高的評價，說他雖然年輕，但有許多值得學習之處。」

聽他這麼說眞令人高興。岩崎社長閉上嘴，出現一段短暫沈默。

春太以帶刺的口吻刺破沈默。他還在生氣。

「眞讓人不爽。只看結果，就是大猩猩委婉利用草壁老師嘛。」

岩崎社長跟松田副社長注視著春太，兩人無以反駁地垂下頭，就算指導老師被稱做大猩猩也一樣。春太糾纏不放地問：

「我姑且問一下，樂譜完成了嗎？」

「……還沒。」岩崎社長答得很無力。

「那不就又要麻煩草壁老師了？」

「不、不會的，不能再麻煩老師了。」岩崎社長語無倫次起來。

「要我們老師中途拋開不管？那位老師才做不到。」

岩崎社長閉上嘴，松田副社長劃來淩厲的視線。

春太從椅上起身，他走向兩人並且湊近。「你們根本沒搞清楚狀況。」

那張側臉——帶著充滿男子氣概、認眞到讓我心中一驚的表情。

「你叫岩崎是嗎？找超高音薩克斯風當替補是沒什麼問題，但最根本的問題還沒解決啊。以你的性格，我想你已經有最低限度的事前溝通，但你依然沒處理好雙簧管演奏者及反對派的摩擦。聽起來，你找到替補人員後就完全沒有任何安撫措施。現在已經到極限了，最好設法趕快讓大猩猩回來。大猩猩現在應該也擔心你們擔心得不得了。」

沉默良久的岩崎社長口中發出嘆息。

「……我明白，我非常明白。我們也希望堺老師快點回來。」

「那就去做你們做得到的事。爲什麼沒對校長或家長說情？管樂社是藤咲高中的傳統大社團不是嗎？照理說很多人站在你們這邊，更何況你們還是重視社團比賽成績的私立學校。」

春太激動的聲音讓教務主任一搖一晃的身體瞬間停止，音樂教室一下鴉雀無聲。岩崎社長跟松田副社長一副心想「咦，原來有人在？」似的，注意到教務主任。在眾人提心吊膽的觀察中，主任再度一搖一晃地打起瞌睡，大家於是安心下來。

「那是新型的呼吸中止症，請不要在意。」

春太收拾起情緒如此說道。後藤努力忍笑。

「都這種時候了，你們還被嚴格禁止接觸，肯定出現了異常狀況。」

聽到成島嘀咕，岩崎社長點頭。

「對……但我們不知道那是什麼異常狀況。一旦知道堺老師停職的理由，就能找校長或後援會的父母說情；然而，我們只被告知老師請病假。」

「眞難以理解。」馬倫陷入沈思。「沒有可能知道眞相的人在嗎？」

「大概只有下令老師停職在家的校長知道。」

「校長在私立學校握有絕對權力吧。」片桐社長雙手放到後腦杓地低喃著。

「那我就試著舉出想像得到的可能性吧？」春太開始列舉嚇人的可能性：「體罰、牽線走後門入學、考試洩題、性騷擾——」

岩崎社長大大搖頭。

「不對，不是這樣，堺老師絕不可能做這種事。他舉止有些粗暴，但絕對會採取合理行動。最重要的是，他相當厭惡不正當的行爲跟犯罪，總是站在弱者這邊。不限於管樂社的學長姊，畢業生最常回來拜訪堺老師。」

「那種有如教師典範的人爲什麼落得停職在家？」我提出疑問。

「……我想知道原因，因此曾經登門拜訪老師，但老師沒說出理由。他有氣無力得很不像平常的老師。」

「大猩猩看起來像四十歲後半，他單身嗎？」春太改變詢問方向。

「我記得老師今年四十七歲，去年我們幫他辦過驚喜生日派對。他有妻子跟一個讀國中的女兒。」

「哦。」春太突然沈思下來。

「怎麼了，春太？」

「沒有，我只是想大猩猩應該明白草壁老師的立場才對，即便如此，他還是不顧面子，向老師訴說困境並求救。假如有連教書二十年以上的資深老師都無法解決的問題，那究竟是什麼？」

此時一直沈默的松田副社長猛然抬頭。

「還有另一個無法解決的問題。」

眾人的視線集中在她身上，一旁的岩崎社長說：「那件事啊……」他露出煩惱的神態，雙手把頭髮揉得一團亂。

「……那件事是哪件事？」我問。

「堺老師是我隔壁班的導師。那班教室，這一個月內就換了三次座位。」

大家愣愣地張大嘴。換三次座位？好像很羨慕又好像不怎麼羨慕……

副社長語氣帶著一點熱度。

「是堺老師指示換座位。就算問隔壁班換座位的理由，他們也不明究理，老師只擺出一張嚇人的表情，什麼都不肯說。」

眾人再度面面相覷。一個月換三次座位太神祕了。

「岩崎，」春太向前探去，正經嚴肅地說，「你眞心設法改變現況嗎？」

「當然。」

「如果你對我們感到內疚，希望你答應我一個請託。」

「什麼事？我做得到都會做。」

「我想看看那間教室，希望有機會跟那一班有關的人談談。」

「什麼……」

「我會幫忙找出大猩猩停職在家的眞相。離大會預賽還有一個半月，再這樣下去我們會兩敗俱傷。」

「喂，你認眞嗎？」片桐社長壓低一層聲音地看著春太。

「再認眞不過了。繼續停滯不前也沒用。」春太斜睨著他回答。

岩崎社長吃驚得連話都說不出來，他注視著片桐社長。這人何方神聖？他露出不知所措的表情。片桐社長煩惱一會後，不得已地答道：

「他是外表看似高中生，實際上是擁有灰色腦細胞的名偵探。」

「你絕對在鬼扯。」

岩崎社長是個腦袋正常的人，所有人都鬆口氣。

「他曾經解開六面全白的魔術方塊。這次換座位事件也是類似的謎題吧？」成島開口了。岩崎社長跟松田副社長眨眨眼，接著注視春太。他們似乎還在混亂中。

「上条是個好人選，我覺得他在關鍵時刻很可靠。」馬倫推了一把。

春太對成島跟馬倫說聲「謝啦」，然後站到岩崎社長跟松田副社長面前。

「……大猩猩停職命令一旦解除，草壁老師的負擔也會減輕，這樣皆大歡喜。如果你們做好覺悟了，我想聽聽你們的回答。可以，還是不可以？」

二選一的答案迫近眼前，岩崎社長陷入沈默，他凝視我們每人的面孔良久。露出一陣動搖的表情後，他深深低下頭。

「……明天放學可以嗎？盡早處理比較好。我會準備我們學校的制服。」

「制服？」

「責任我來扛。」

這就是潛入調查。春太望著兩人輕聲說：「我會努力回應你們的勇氣，因爲你們懷抱著遭責備的覺悟。」他接著轉過身，在眾人面前高舉雙手。

「我會成爲拯救草壁老師的騎士！」

大家讚嘆地鼓掌。春太用手指輕揉鼻頭，朝我一瞥，嘴角露出淺笑。給我等等，不是禁止偷跑嗎？我猛力舉手。

「我我我！我也要參加！」

片桐社長嘆息，伸手搭住岩崎社長的肩膀。

「有玫瑰色腦細胞的冥偵探說她也想去，麻煩你把他們當成漢堡一樣成對帶去吧。」

岩崎社長雖有猶豫還是點頭答應，我握拳做出勝利手勢。

春太口中傳來「嘖」的一聲。誰理他。

此時，音樂教室的門開了，所有人都看向音樂準備室的門口。

界雄用毛巾擦拭臉上汗水地走進。這麼說來，鼓棒聲不知何時停止了……

「聽說草壁老師遇到危機了？」

界雄凜然的聲音響起，岩崎社長跟松田副社長都說不出回答。他走近兩人，彷彿傾訴萬語的目光凝視他們。他能回到學校，都是多虧草壁老師在背後幫忙。

不久，界雄開口：

「二加一，三劍客。我也要去。」

2

藤咲高中。這還是我第一次拜訪這裡。

這間學校男女合校，學生人數約九百人，在私立學校內是縣內頂級的升學高中。學校也非常用心經營社團活動，足球社、體操社、柔道社跟管樂社屢次晉級全國大賽。聽說夏季全國高中體育聯賽跟全國大會時，校舍都會蓋滿這四個社團垂掛的慶賀布條。

聯合練習會時，藤咲高中管樂社提供的地點是校園外多功能活動中心。而這所學校座落在離多功能活動中心約五百公尺的高地，一半廣大校地被豐富綠意包圍。

我剛剛在最近的車站廁所換上藤咲高中制服。此時此刻，我、春太與界雄正站在正門前方。目光掃過刻著校訓的氣派石碑後，我望向深處。這裡看不到一般情況下理應進入視野的校舍。聽說去年剛落成的新校舍位於坡度平緩的林蔭路盡頭。

跟在岩崎社長跟松田副社長身後，我們三人如鄉下來的觀光客般僵直前進。

途中，我們跟藤咲高中的學生擦身而過。昨天沒怎麼注意，不過一旦穿在身上，再看到成群的學生，我才發現這套制服相當亮眼。男生領帶是窄版，襯衫領口與袖子則經過特別設計，穿法似乎也沒特別規定，帥氣到放學後可以直接穿著去玩；女生夏季制服的海軍藍格子緞帶頗具特色，裙子在腰部收緊，身材看起來特別曼妙。聽說這是知名設計師的手筆，我恍然大悟。

「剛才擦身而過的女孩擦著低調的指甲油。小千搽過嗎？」

春太在我耳邊悄聲問，我噘起嘴。

「……沒搽過，我不知道怎麼搽。大家到底跟誰學的？」

春太以同情的神態輕拍我肩膀。

「希望妳一直保持這個狀態到畢業。」

「什麼啦！」

「這麼說來，這裡的成績百分等級很高呢。」界雄的輕聲低語傳來。

「是哦……」

大幅拉低管樂社成績百分等級的我們兩人仰望林蔭道路的櫻花。樹上已經沒有花，不過神清氣爽的嫩葉籠罩頭頂，昨晚留下的雨滴閃閃發光。

我們來到新校舍前。鑲著大塊玻璃、純白的現代風校舍映入眼簾。

相比清水南高中總擠滿急著去社團以及趕回家的學生，藤咲高中散發出不同的氣息。雖然校舍新建，但歷史悠久，帶著經年累月紮根於這塊土地所染上的靜謐與格調。即便聽到遠處傳來運動社團的吆喝聲，我還是有這種感覺。

我們在入口處換上訪客拖鞋。大花瓶裡插著美麗的鮮花。

我看著替花澆水的女學生，心想這裡跟我們果然很不同。

頭上的擴音器響起鈴聲，我望向手表。現在是下午四點十五分，因此這是放學鈴。我豎耳傾聽這段平時沒聽過的旋律。

界雄抬頭望天花板：

「這是電影《綠野仙蹤》〈飛越彩虹〉中的一段。ＤＪ佐清收藏很多老電影的錄影帶，所以我聽過。」

「……我不行了。」

「啥？」界雄跟春太分別從兩側看向我。

「……這裡太高雅，我回不去原本的學校了。」

「小千，振作點。叮——咚——噹——咚——的上課鐘聲，這首〈西敏寺鐘聲〉是如假包換的古典樂哦。」

「我不依、我不依，拜託你們說這是〈世界上僅有的一朵花〉，不然我不依！」

岩崎社長跟松田副社長在走廊前注視我們的醜態。

我心想糟糕了，我們三人都全身僵硬。岩崎社長跑過來。

「那個，妳是不是突然不舒服？」

我深深感受到他果然是個好人。界雄往前踏出一步：

「其實我們為了決定該如何分工，現在有點爭執。」

「——分工？」

界雄的雙手在春太背後一推，春太腳下一個踉蹌。走廊上的女學生打從剛才就一直偷偷注意這裡，視線頻頻投向春太。

「喏，請看。他的長相很有利用價值。面對愛聊八卦的高中女生，他不管多細微的情報都問得出來。」

「是啊！」我也幫腔。「我們社長推薦他的理由就只有這個。去吧，你就當作病急亂投醫，快點去打聽。」

春太理所當然生氣了。

「別瞧不起我。社長看上我的頭腦，請不要說得好像我是亂槍打鳥。」接著他轉身看岩崎社長。「我想跟問得出重點情報的人談談。」

岩崎社長思考一下。「那就得問大河原老師了。」

「大河原老師？」春太眉頭緊鎖。「一下就要跟老師碰面嗎？」

「不會暴露的。這位是實習老師，負責堺老師那班。」

「哦。那位實習老師是男是女？」

「……一位女性。」

「原來如此。說不定大猩猩向她出手，才會惹出問題。」

我心想，這種想法實在太武斷，你自豪的頭腦會哭哦。

「上条你眞有意思。」岩崎社長隨口回應，繼續說道：

「總之你們三位——穗村、上条跟檜山很顯眼，還是快走吧。教室在二樓。我會麻煩松田找大河原老師過去。」

我們跟松田副社長分開，前往校舍二樓。這裡居然有電梯，我嚇到了。這麼說來，這座校舍的高低差處必設有斜坡，新建校舍原來也有這層意義。我對這所私立學校有點另眼相看了。

出問題的教室是二年C班。進入教室前，我看著岩崎社長的背影。

「欸，會不會有學生逗留教室？」

「別擔心，我假借管樂社借來當分部練習的名義，麻煩大家在剛才的鐘響後離開。」安排得眞妥當。

一走進教室，首先吸引我的是窗戶面積，他們有一扇超大的窗。教室內面向操場、胸部高度以上的部分幾乎全鑲著玻璃。對哦，由於地處高地，廣大校地一半都是草木，不用擔心遭校外人士偷窺。有這麼大的窗戶，放晴的日子應該很舒適。

我在教室裡到處走。酒紅色木頭地板給人沉穩的印象。桌椅跟我們學校沒有太大差別，只有這點讓我感受到親近感。

「眞驚人，有裝空調。」走到教室角落的界雄驚嘆。

「……我們的教室連電風扇都沒有。不過現在有裝空調的私立學校教室並不罕見。」

聽到春太回答，界雄說「不是不是」並向他招手。春太走過去，伸長脖子。

「嗚哇，是控制面板。難道學生可以自由設定溫度？」

「這樣不管上課還是考試都能集中精神，在這個季節是全天運轉。」與兩人並肩而立的岩崎社長說完，又困惑地問：「比起這個，你說你們教室連電風扇都沒有，這是眞的嗎？」

「這叫環保，是爲了地球著想！」我強硬駁斥。

「……不過操作面板裝在這裡，不會不小心弄壞嗎？」

聽到春太的嘀咕，岩崎社長反應：

「你猜得很準。我記得這間教室的控制面板差不多在上上週壞了，聽說打掃的時候拖把柄敲到。當時悶熱天氣持續好幾天，業者又無法馬上過來，合作社的小手巾賣到斷貨。」

輕敲教室拉門聲響起，我們訝異地轉頭。

松田副社長跟似乎是實習老師的女性站在那裡。

那位老師這麼輕易就被帶來，我很驚訝。

「我是大河原。」

她點頭打過招呼才走進教室。她的眼角微微上挑，給人難以親近的印象，不過白皙纖細的身材讓我覺得她是古典美人。黑色長褲套裝與深藍襯衫很適合她。雖不引人注目，不過她的脖子圍著一條似乎價值不斐的領巾。

她跟我所知的實習老師印象有點距離。我不知道怎麼說明，不過她格外沈著。該說她沒有實習老師常見、煩惱自己找不到容身之處的氣息，或說她不會刻意裝出精神十足的模樣呢……

大河原老師隨即採取的行動讓我瞪大眼睛。她將靠走廊那側的拉門全數關上，接著走到岩崎社長面前，稍稍盤起胳膊。

「我知道你們現在遇到困難，不過怎麼可以讓外校學生入內呢？」

對方明明是實習老師，我們的眞面目卻被看穿了。我驚慌失措。

「問題果然出在我嗎？」界雄搖晃著頭，他紮在後頭的長髮搖曳。

「是呀。而且，我覺得你跟剩下那兩人的距離比較近。更重要，有個一眼就看得出來的地方，你們猜是哪裡？」

一眼就看得出來？騙人，我看不出來。

「這個嗎？」春太脫下訪客拖鞋，拎起來給她看。

「答對了，三人都穿著訪客拖鞋實在不自然。我聽松田同學說了，你們叫上条、穗村跟檜山是嗎？你們應該是讀同所學校的朋友吧？」

大河原老師強勢的視線不曾從我們身上移開。慌張的岩崎社長跟松田副社長正要開口時，春太把拖鞋穿回腳上，伸出一隻手委婉制止他們。

「老師似乎不是普通人，不像在學的實習老師。」

聽到春太這句話，大河原老師瞇起眼睛。

「……為什麼你這麼想？」

「因為老師能駕馭套裝。」

「能駕馭套裝，看起來就不像學生嗎？」

「駕馭衣服很難，我想必須要花好幾年理解自己的身材曲線，也要掌握住花多少錢治裝的手段。至少以套裝來說，我覺得沒出社會經驗就做不到。」

「你說得好像很懂呢。這不是套用別人的話，而是你自己的感想嗎？」

「因為我身邊有個親身告訴我這件事的理想存在……」

春太羞得耳垂發紅，我的背後一陣發涼。這原本是身為女生的我該說的話吧？

「還看得出什麼嗎？」大河原老師的眼中浮現感興趣的色彩。

此時界雄突然走上前，細細觀察大河原老師的臉。

「老師化妝的方式不是用加強法，而是用修飾法。真是高明呢。」

大河原老師眨眨眼，噗嗤一聲笑出來。「你明明是男生，卻注意這種奇怪的地方。你之前到底都跟什麼樣的大人來往?」

「都是些爺爺奶奶。他們頑強地活到現在,告訴我很多無關緊要的知識。」

「你跟老人家感情很好嗎?那我可不能小看你,畢竟格言說,家有一老如有一寶。」

說完,大河原老師閉上眼睛,青少年般地抓了抓後腦杓。

「……唉呀,我明明看起來很年輕,這所學校的學生幾乎都沒發現呢。」

大河原老師再次自我介紹。大河原有佳,三十一歲。聽到她的年紀,岩崎社長跟松田副社長都睜圓眼。「誰教你們不問。」大河原老師露出促狹的笑容,不過我也嚇到了。

「這所學校是我的母校。我還是學生的時候,這是個死板的地方,不過理事長的兒子當上校長後出現很大的變化……」

大河原老師望向幾乎占據整面牆的窗戶,整片操場與綠意映入窗戶。

她映在玻璃中的雙眼,讓我覺得她似乎正望著遙遠某處。

「……我出社會後遇到了很多事,不過二十六歲後,我到安養中心工作,並考過大學同等學力鑑定考試,開始上進修學士班。」

「進修學士班?」我重複一次。第一次聽到這個詞。

「夜間部。你們最好記住,日本存在著只要本人有心,無論何時都能重來的系統,所以不能放棄。半工半讀很辛苦,不過我還是努力拿到高中老師的資格,回到這間學校。特別找我回來當實習老師的,就是我的恩師堺老師。」

原來她也辛苦過……我好像明白纖細的她內心為何蘊藏著這股氣魄,或說為什麼對我們三個外校學生態度如此寬大。

「岩崎同學。」大河原老師說。

「老師請說。」

「這樣真的不行。再怎麼煩惱，也不能找其他學校的幫手過來。」

「不，他們是藤咲的學生。他們上週轉學來，預定下週又要轉學。」

岩崎社長還在裝傻，我們三人朝他投去啞口無言的目光。我們事前可沒談過這種亂來的設定啊？大河原老師伸手掩住嘴，裝出誇張的驚訝神色。

「流浪學生！」

「就是流浪學生沒錯。老師，妳之前不是跟我們說過嗎？有一部古早的少女漫畫，主角輾轉漂泊在日本各地的校園間，英勇解決各種事件。」

「岩崎同學……」

「大河原老師，我們今天已經下定決心，現在真的做好覺悟了。無論是失去指導老師的我們，還是失去實習指導教師的大河原老師都需要堺老師。我們要弄清楚這間教室發生過什麼，無論如何都要讓堺老師回來。」

岩崎社長展現出一步也不會退讓的姿態。大河原老師轉頭看向松田副社長，她也向老師微微點頭。大河原老師垂下視線。

「……要是你們在堺老師不在的時候惹出什麼問題，我就沒臉見他了。」

短暫沈默後，她帶著甩開某種情緒的表情抬頭，對我們三人微笑。

「聽好哦？今天起你們就是我的朋友，當作是我找你們來的。」

3

我們坐在椅子上，將大河原老師圍在中間。敞開窗戶吹進來的平穩微風拂開窗簾，運動社團的吆喝聲重重相疊，如輪唱般在黃昏的教室中響起。

大河原老師壓低聲調。

「從未遲到、請假，工作態度與績效都受到所有人肯定的班導師，被校方單方面下達停職處分。下達處分的是校長，其他老師跟班上學生都沒得到任何詳細說明。」

「大河原老師也沒被告知理由嗎？」我問。

「我說呢，穗村同學，我終究只是客人，校方不會告訴我超過必要的訊息。實習老師的力量太微薄了。」

「但他是您的恩師吧？若我的恩師碰到這種不講理的對待，我絕對沒辦法袖手旁觀。」

面對不肯罷休的我，大河原老師露出懷舊般的率直目光，反過來注視我。

「……妳覺得在這種時候，什麼方式最快得到情報？」

「咦？」

「直接問當事人。」一晃腦袋，長髮就跟著飄動的界雄插嘴。

「對。我知道堺老師的電話號碼跟家裡住址，曾跟他聯絡，也登門拜訪。表面上是爲了確認實習記錄跟重新評估課程大綱就是了。」

椅腳喀噠一動的聲音響起，岩崎社長探出身子。

「那麼大河原老師有從堺老師口中聽到眞相嗎？」

「關於停職在家的處分，他只說一句話。」

「……什麼話？」

「我非得在此刻說出來不可嗎？」

大河原老師露出困擾的神情，岩崎社長投去乞求的目光。她無法繼續堅持地閉上眼睛，一字一句清楚背出來。

這句話深深刻在她的心中。

「『對不起。妳一定會成爲受到學生需要的老師，我希望妳努力下去。』」

什麼意思……

聽起來簡直像堺老師將之後的事託付給大河原老師，自己再也不會回到學校。我不禁看向岩崎社長跟松田副社長，他們都露出大受衝擊的表情。

一直保持沈默的春太忽然開口：

「堺老師跟大河原老師的關係，實際上如何呢？」

「實際上？難不成你在想些低俗的事，像情婦、婚外情之類的？」

大河原老師直視著春太。春太別開視線。

「……老師不會給人這種印象，不過為求謹慎還是要問一下。」

帶著鼻音的輕笑聲響起。她說，不是的，我發誓不是這樣。

「我呢，在堺老師教過的學生中，大概是他唯一的牽掛。嚴格來說，我不是這所學校的畢業生。」

「什麼？」

「我沒有畢業。以違反校規為由，我被勸告自行退學。」

所有人都屏住呼吸。

「到最後都在袒護我的，就是班導師堺老師。當時我很排斥老師這份熱忱，惡劣地痛罵他後，逃也似地輟學了。直到現在，我都忘不了老師那時的表情……其實，我本來沒打算回到學校，因為我知道老師還在任教，我不知道該用什麼臉見他。但對沒有母校的我來說，找實習機會真的很難。公立學校沒有願意接受我的高中，而私立學校的管道得自己找。無計可施，我忍住羞愧跟老師取得睽違十四年的聯絡。當時，我甚至連拿電話的手都在發抖。」

大河原老師說到這裡，露出從回憶中清醒的表情。

「不好意思，講起這種陰沈的過往。」

我與她對上視線，然後搖搖頭。

「……為什麼老師願意告訴今天初次見面的我們這麼重要的往事呢？」

「妳覺得這是重要的往事啊。謝謝妳。」大河原老師的雙眼流露出溫柔的神采：「因爲在沒有堺老師在的教職員辦公室，老師間出現種種閒話；所以我大概是覺得對象不管誰都好，很想講講這件事。我有時也會碰到這麼想的日子。再怎麼說，你們是流浪學生吧？」

「下週我們會相親相愛地一起轉學。」

我們三人深深低下頭。大河原老師好像很開心，喉嚨深處發出輕笑。

春太抬起頭問：

「請您繼續說剛才那件事。跟堺老師取得睽違十四年的聯絡時，他有什麼反應？」

「他發出大猩猩的吼叫聲。」

「啥？」我問。

「他又哭又笑，不斷大吼。」

岩崎社長跟松田副社長帶著認眞的表情聽她說，我想他們肯定能生動想像那幅畫面。

我朝春太一瞪，踹向他的椅腳。什麼情婦、什麼外遇，你的心靈眞骯髒。順帶一提，不准靠近草壁老師。

「不好意思，」界雄開口，「知道堺老師停職眞相的當事人，應該還有一個吧？」

「你說下達處分的校長？」

「對，我是這麼想的。」

「我的立場是一介實習老師，沒辦法直接問。」

「就算沒辦法直接問，老師應該也在能力所及的範圍內調查過吧？」

大河原老師的目光一動，界雄繼續說：

「我還是覺得像老師這樣的人，面對恩師的危機不會默默什麼也不做。您都還沒回報老師的恩情呢。」

她凝視界雄片刻，眼中的色彩起了變化。

「七比三。」

「什麼？」界雄問。

「——我調查後得知的事實有七成，還未解開的謎團有三成。儘管校長下達了處分，但即便是校長跟學生等相關人士，也沒有任何人知道老師停職在家的真相，這次的事很難辦。」

大河原老師依序看向我、春太跟界雄。

「我可以對你們有期待嗎？不過老實講，我一開始僅指望你們年輕柔軟的思考。」

「老師認為我們不足之處是什麼？」春太問。

「你們是高中生，經驗還不夠。」

「什麼嘛，這點啊。不用擔心，我們有貪求知識的頭腦，也有遇到不明白的事就設法調查的意志。」

別小看我們，春太的眼神這麼說。我、界雄、岩崎社長跟松田副社長旁觀兩人互動，滿心緊張。大河原老師苦笑。但苦笑中完全不含任何嘲弄。

「我們來談談這個班級發生的換座位事件吧。」

「——這間教室，約一個月內換了多達三次的座位。正常來想不可能有這種事，恐怕跟老師停職處分有直接關連。」

「是堺老師提議換座位嗎？」我問。

「看來如此，不過有個強行要求這麼做的學生。」

「那個學生是誰？」

「是班長。」

大河原老師頓時露出難以回答的表情，或許是猶豫。也對……我們是無關人士。

岩崎社長代爲回答。大河原老師瞪大眼睛，但他不顧老師的反應說：

「我跟松田調查後做了幾張座位表，給你們看吧。」

「等一下，岩崎同學——」

「我說過我下定決心了，而且若是大河原老師洩露校內情報會有問題。請別擔心，座位表沒寫名字，旁人看來只像是單純的益智遊戲圖。」

從椅子上起身，岩崎社長把三張A4紙放到桌上，上頭用自動鉛筆寫著代表各人座位的示意圖。

「數字跟記號是什麼意思？」春太興味盎然。

「①是五月最後一週，②是六月第一週，③是六月第二週實施的新座位。□是男生，○是女生，●是班長。」

「班長是女生。」春太說。

「對。圖的右側面向走廊，左側面向操場。」

我們三人將臉湊在一起看。

①

□○□○□
○□○□○
□○□○□
●□○□○
□○□○□

②

○□○□○
○□○□○
□□○□○
□□○□●
□□○□○

③

□□□□□
○□□□○
□○●○□
○○○○○
□○□○□

「這是什麼對戰陣形嗎？」

聽到我這麼說，界雄噗嗤一笑。

「眞是出乎意料。這就是年輕柔軟的思考方式……眞羨慕。」

大河原老師捧著臉，露出陶醉的神情。

盯著三個座位表的春太問：「●記號代表的班長當然知道換座位的理由吧？」

大河原老師點頭。「班上只有班長知道爲什麼換座位。她恐怕連班上密友都沒說出理由。雖然相處尚短，但我感覺她散發著這樣的氣質。」

「每次換座位都會重印教師用座位表嗎？」

「就算旁人多少有疑問，堺老師也有足以推行到底的權力與人望。」

「班上反應呢？」

「在②跟③的時候當然起了騷動。尤其是③，當時還沒有徵得所有學生同意。」

「即使如此，他還是強制推行了。」春太的目光離開座位表。「老師在哪個時間點知道班長牽涉在內？」

「……第二次換座位，②的前一天。我曾目擊她跟堺老師商量。」

春太一瞥岩崎社長。

「岩崎你怎麼知道？」

「社團結束後要報告跟商量練習內容，我會頻繁出入教職員辦公室。那時我數次看到班長一臉嚴肅地跟老師說話。」

「這兩人串通起來，推行了這次難以理解的換座位行動。」

春太露出沈思，手指輕撫鼻梁。他看起來好像一名望著棋譜的棋士。

「大河原老師，」岩崎社長開口，「我覺得告訴上条他們那件事比較好。」

那件事？大河原老師閉口沈默。將這份沈默解讀爲首肯，岩崎社長說明：

「學校二年級跟三年級生，每週末都會考一次小考。」

我跟界雄同時露出厭惡的表情。

「一方面準備大學入學考，此外還有另一層意涵。部分學生認爲小考、期中考及期末考同等重要。」

「因爲會影響到校內成績嗎？」春太問。

「沒錯。會影響到大學指定推甄，一部份學生非常在意。在入學指南上也有宣傳過，這所學校有許多知名大學的指定推甄名額。對渴望搶到名額的學生來說，這就像搶椅子遊戲，三年都在考試時好好努力，生活態度良好，就可跳過入學考。」

春太「哦」一聲，目光回到座位表上。

「●記號代表的班長成績好嗎？」

「她的年級排名第二。」

岩崎社長回答，春太轉向大河原老師問：

「班上有沒有哪個學生在新學期開始後，成績有顯著提升？」

大河原老師揀選言詞。

「……三個人，稍有提升的學生則有四個人。」

聽他們說到這裡，我心中一凜。

「難不成——」

「就是那個難不成。」岩崎社長強烈有力地說：「我認爲只要推理換座位的理由，必然會出現這個結論。」

在眾人注目中，岩崎社長充滿自信地開口：

「班上出現組織性的作弊。換三次座位是要防止這個情況以及鎖定犯人。」

「……作弊啊，真難以置信。」我大大嘆氣。

我不經意望向大河原老師，她抱臂不發一語，春太也露出深思神色地保持沉默，界雄也狐疑地側著頭。咦、咦？

「怎麼了？你們再驚訝一點嘛。」

當我在界雄耳邊小聲說，他就伸指輕敲第三張Ａ４紙。

③

□□□□□
○□□□○
□○●○□
○○○○○
□○□○□

「這個③很奇怪。」

我仔細觀察。這麼說來，唯有③中□代表的男生跟○代表的女生以奇妙的形式聚集在一塊。這有意義嗎？

但總之先附和就對了。

「也對。」

「沒錯。」春太一拍大腿。「①跟②還可以理解，但多虧這張③的座位表，學生看起來沒有在每次換座位時都平均大風吹。」

大河原老師抿嘴一笑。「你們也覺得班上出現組織性作弊嗎？」她聽起來像試探。

「嗯——還很難說。」春太伸著懶腰：「防範作弊爲前提的話，我覺得換座位這個行爲很『粗糙』。」

「我也這麼想。」界雄點頭贊成。「若要阻止作弊或鎖定作弊犯人，加強監考比較快。」

聽他們這麼一說，我發現確實如此。我將手指貼在唇上低喃：「……的確，增加監考老師可能比較有效率。」

春太接口：

「就算沒辦法如同小千所說增加人手，也可以在考試前宣布會監視作弊情形以及罰則，然後默默站在最後方就好，這樣學生就不敢輕舉妄動。我想堺老師這種資深老師應該會這麼做。」

根本沒必要強行換座位。儘管確實有考試成績提高的學生，但不能無視當事人的努力，直接跟作弊連結起來也太過性急。

「要否決這個可能性還太早了。」岩崎社長插嘴：「假如班長其實是作弊集團的中心人物，堺老師無奈之下給予協助，這樣如何？」

「協助？」春太問。

「例如說，有的學生無論如何都想提高成績呢？比方說父親被裁員，或是家庭環境令人同情……」

「岩崎，你的話裡有矛盾，這樣沒問題嗎？」春太指出這點。

——他相當厭惡不正當的行爲跟犯罪。昨天岩崎社長是這麼說的。

岩崎社長一陣動搖，春太繼續說：

「你們跟老師相處很久，我想以你們的主觀與直覺爲準。你覺得有可能嗎？」

岩崎社長繃緊神情。

「堺老師無論什麼理由，都不會允許作弊。我的想法太淺薄了。」

他馬上承認自己的錯誤。不管是安排這間教室的方式還是這件事，都看得出他不愧有從手球轉換跑道後成爲管樂社社長的器量。春太以沈著的目光回應他。

「多虧你說出自己的想法，才能劃掉其中一個可能性。謝謝。」

作弊說很快就排除了，眞厲害。大河原老師注視著我們。自己調查後得知的事實有七成——她應該知道換座位的理由。在這樣的情況下，她很有興趣看我們會以自己的力量導出什麼答案。春太跟界雄似乎都已經注意到她這種挑戰態度。

界雄注意著大河原老師的反應地說：「從①、②、③中班長的位置軌跡來看，比起『觀察』或是『被觀察』，總覺得更像『逃離』某個東西。」

的確。①時她在教室左側，②時她在右側，③時移動到中央，移動幅度很大。

「逃跑啊。」春太注意著大河原老師，重複這個詞。「如果在逃跑，對象又是什麼？」

「班上同學一定有類似跟蹤狂的男生。」我靈機一動。

界雄側過頭。「在教室中到處逃也沒用，我覺得不構成強行換座位的理由。」

「要不然就是有男生會在課堂搗蛋，例如亂丟撕成小塊的橡皮擦、碎紙片等等。」我不服輸地提出下一個假說。

「出聲警告不就行了。」界雄說。

「沒辦法警告，因爲是以變化球的軌跡飛過來，不知道哪個男生丟的。」

「……眞是了不起的妄想力。」

我被界雄徹底擊敗，消沈下來。眞抱歉，我就是個妄想速度飛快的少女……

「不，小千的意見從一開始就有正中紅心。看，③的座位表看起來就像面對男生的攻擊，女生擺出迎擊的陣形架勢。」

對吧，春太。我笑瞇瞇地指向③的座位表。

「感覺就像男生VS女生對不對？有種準備迎擊的感覺吧？」

「嗯，一定有不得不這麼做的理由。」

岩崎社長「哦」一聲，伸長脖子看著③的座位表。

「你們這麼一說，的確如此。可以解讀成班長左右兩側跟背後都被其他女生保護。」

「對對，感覺①跟②在觀察狀況，③就下定決心擺出陣形。」

「抱歉，我撤回妳在妄想這句話。」界雄道歉後，拿起①的座位表。「繼續往下討論吧。要不要思考看看這三次換座位的時期？當中或許有什麼意義。」

①是五月最後一週，②是六月第一週，③是第二週……

「繡球花開的季節？」我想起清水南高中中庭的盆栽。

「梅雨季嗎？」春太跟著猜。

我的目光落到胸前的緞帶。「……換季？」

「就是那個，就是換季。」界雄提高嗓門。「如果包含緩衝期，學校大抵都在這個時期換季。」

「夏季制服啊。這說不定隱藏著提示。」春太再度沈思。

「那個，」松田副社長突然探出身子，「——這麼說來，我有一次放學後曾經受堺老師拜託，借他手機一段時間。」

「妳竟然把這麼重要的東西借人？」我忍不住問。

「……因爲堺老師沒有手機。」

「老派也該有個限度。」春太傻眼。

「不過他記得所有分部小組長家裡的電話號碼。」松田副社長說。

「還有全班同學的電話。」大河原老師沈著補充。

「……感覺是遇到災害時很可靠的老師。」界雄托腮敬佩地道。「聽說以前的人都記得五、六十個親戚跟鄰居的電話。」

春太十分錯愕，他睜大眼睛。眞有趣。

「欸欸，春太背得出我的手機號碼嗎？」

「問了這個問題的小千妳又如何呢？」

我跟春太互踢椅腳的期間，界雄嘆口氣地問松田副社長：

「……抱歉離題了。老師爲什麼要借妳的手機？」

「老師要用手機的相機功能。我那天看到老師在放學後的教室，邊走邊拿著我的手機對著各個方向。」

「哦，他用相機拍攝這間教室嗎？」

「他大概只是透過觀景窗到處看，因爲照片資料夾裡沒留下任何檔案。」

「只有看而已？」

「對，看起來也像在找東西。」

透過相機觀景窗找東西？跟用肉眼找有什麼不同？我跟春太停止打鬧，注視界雄與松田副社長的互動。

「難不成那個班長，嗯，怎麼說……是一位性感可愛的女生？」

聽到這個唐突的問題，松田副社長瞄一眼岩崎社長。社長代爲回答：

「她在去年的文化祭中，獲選爲藤咲美女。」

松田副社長不甘心地低下頭。我好像理解她的心情。

界雄靠上椅背，慢慢環顧眾人的臉。

「這次輪到我了。我知道換座位的理由了。」

接著他做了個大大的深呼吸才說：

「在教室亂飛的不是橡皮擦碎塊，也不是碎紙片，而是視線，相機的視線。堺老師做這些事，是要鎖定班長從哪個座位被偷拍的。」

……偷拍？竟然在教室裡？我無法想像。我馬上偷看大河原老師的反應，一直默默傾聽的她微啓唇瓣：

「最近相機的確都變得很袖珍，甚至可以內藏在手機裡。不過相機再小、設法消除快門聲，我覺得在上課中拍照還是有難度。」

她說得對。拍攝者要舉起相機，從觀景窗觀察，再按下快門。無論身處何處，拍攝者都會顯得不自然。但界雄冷靜搖頭。

「如果跟拍電影或電視劇一樣的手法呢？」

「咦？」

「班長的座位固定，只要事前決定相機角度就行了。犯人持續錄製『影片』，然後把想要的部分剪下來。」

大河原老師面無表情地注視界雄，界雄用一副「怎麼樣」似地自信眼神回應。片刻沈默後，大河原老師努力維持冷靜地說：

「——看來你們距離教室的偷拍犯阿斯莫德更近一步了。」

4

在寂靜的教室內，窗戶照進的暗紅色陽光逐漸漫開。酒紅色木頭地板反射光芒，奪去我的目光。我一看窗外，只見天空火紅欲燃，逐漸帶上豔麗的色澤。不知不覺間，已經來到太陽快下山的時刻。

「阿斯莫德？」

春太重複大河原老師口中的奇妙名詞。

差不多該告訴你們了——大河原老師以此作爲開場白地張口。

「祂是被所羅門王封印的七十二位魔神之一，專司色欲的惡魔。有個以這個惡魔爲名的學生就在這一班。」

她從椅上起身，稍微拉上窗簾擋住豔紅的太陽。

「……我是用一根手指敲電腦鍵盤的機器白癡，所以我只能把靠自己查到的事盡量詳細地告訴你們。聽說去年起，在電腦網路的世界，出現一名自稱阿斯莫德的人物，那人不斷公開上課中藤咲高中女學生的照片。這件事沒徵得本人同意，也沒拍到臉，但拍到臉部下方看得出哪個學校制服的範圍。在網路世界裡，有個叫全國高中女生照片收集站的留言板。」

我看向坐回椅子上的大河原老師。她的臉上浮現些許不快。

「今年這間教室裡被阿斯莫德拍攝的對象增加了。班長發現這件事，因爲她自己就被當成標的。雖然沒拍到臉，不過她還是看出自己的制服。在換季的緩衝期，她一換上夏季制服，公開在網路上的照片就一下子暴增。」

「有夠低級。」我輕聲說，松田副社長也點頭。

「班長不是會忍氣吞聲的學生。」大河原老師不流情緒地道：「她正義感強烈。班長告訴堺老師這件事，想爲全校女學生追查出阿斯莫德的眞面目，而手段就是靠三次換座位。」

春太的視線落到三張座位表上，說出疑問：

「爲什麼是在上課時間？」

「因爲盯上的拍攝對象不會動。」界雄回答。

「這個我懂，可是——」春太抬起視線，看向默默傾聽的岩崎社長。「這時我想聽聽你這種健全男兒的意見。」

「喔，好。」被評爲健全的岩崎社長不知所措。

「看到女學生上課中的照片，你會心癢難耐嗎？」

岩崎社長認眞思考，然後搖頭。松田副社長銳利的視線射過來。

春太看著大河原老師問：「老師實際看過阿斯莫德拍的照片嗎？」

「我好不容易才從班長口中問出這件事，沒辦法連照片都……」

「爲什麼對方特地用阿斯莫德這個名字，老師不覺得在意嗎？」

大河原老師緊閉上嘴。她的神情透露出那是她從未想過的事。

「我很在意。界雄，你有沒有辦法確認？」

聽到界雄答好，春太朝他拋去自己的手機。

「你要打電話給誰？」我問。

「FM羽衣電台的熟人。」

界雄起身稍微遠離眾人，然後按下手機按鍵。他沒有手機，但同樣把電話號碼背得一清二楚。鈴聲響一段時間後，電話接通了，界雄馬上擺出低姿態地連連點頭。

「不好意思，突然打電話給您，我是睡蓮寺的檜山界雄。對，對，好久不見。咦？我過得很好——啊？龜兔賽跑第二集？敬請期待，我現在寫到第三集了，是烏龜孫子與兔子孫子的槍擊戰。烏龜孫子脫下殼後可是很驚人的，肌肉發達又強大。」

嚴肅氣氛全毀。

「……這個人什麼來頭？」

感到可疑的松田副社長對我耳語。雖然感覺自己只說得出可疑說明，但我還是試著捧他一把：「我想比起我，他認識的大人應該多更多。」

「現在方便借用您一點時間嗎？我想問關於相機的問題，才會緊急打給您。您不是說過以前在地方電視台的錄影現場受過訓練嗎？唉呀，真是的。對，那我說了。如果透過數位相機的觀景窗找東西，會發現什麼？就是肉眼看不到，但透過數位相機觀景窗就看得到的東西。」

界雄重新拿好手機。

「咦？我說得很難懂？那我詳細說明狀況，您聽聽這樣如何。」

界雄在長長的說明後陷入沈默。

「您答得眞快，眞不愧是您——咦？色小鬼？觸法？是啊，要嚴詞警告才行，我會親口罵一頓那個人。多虧您幫這個大忙。請您保重身體，不然我眞的很擔心。酒也要少喝哦。」

界雄恢復認眞神色地掛斷手機，拋回去給春太。接著，他看向呆愣不語的我們。

「堺老師在這間教室尋找紅外線光源。聽說透過數位相機的觀景窗看出去，紅外線會發出白色光芒。」

椅腳的聲音響起，那是大河原老師。

「這怎麼回事？」

界雄回答：「自稱阿斯莫德的學生大概用紅外線相機偷拍。這樣就跟『阿斯莫德』的含意相符了。」

大河原老師倒抽一口氣地凝視著他。界雄豎起兩根手指說明：

「紅外線相機有兩個特徵：一是可以在黑暗中拍攝，電視上的動物節目有時會進行夜間拍攝，就是用這個；另一個特徵——相當惡劣哦，那就是可以在白天透視單薄衣服的內側。」

「透視？」我驚訝地說。

「聽說在衣服跟肌膚緊貼的狀態，而且是穿薄衣服的狀態下，可以透視到內衣的花樣，但會拍出有如黑白照的單一色調。不過如果是藤咲這種知名私立學校的女高中生，這或許沒差。」

的確，學生上課時會形成前彎姿勢，衣服會緊貼在背，而且現在穿夏季制服。在這間教室裡，這種惡質偷拍行徑竟然就在日常之中進行……

無可原諒，那人是女性公敵。我跟松田副社長的表情緊繃。

大河原老師帶著茫然神色靠上椅背。「班長跟堺老師沒告訴我這麼多……」

「因爲老師是客人，不能把您捲入。」

春太說完，再次將三張座位表擺到桌上。

「事情比想像中更嚴重。班長擔任誘餌，堺老師負責動腦，兩人一起跟自稱阿斯莫德的學生對決。從這種觀點再思考一次，我覺得①、②、③的座位安排得很巧妙。①的時候，班長在後面數來第二排，靠近操場這一側，②換到同排靠走廊那一側，感覺就像環顧教室整體，然後從左右兩邊大幅逆襲，鎖定阿斯莫德的眞面目，最後在③決勝負。這樣③就合理了。」

「咦？」我發出聲。

「座位持續換三次，這表示阿斯莫德沒有停止用紅外線偷拍。阿斯莫德大概篤定自己的眞面目絕不會曝光。在這方面，班長跟堺老師略勝一籌。」

什麼意思？我凝神注視③的座位表，松田副社長也湊過來。

「老師，您知道三次換座位的詳請嗎？」

聽到春太的問題，大河原老師略顯猶豫的聲音在教室中響起：

「……這是要鎖定阿斯莫德的身份，但只有堺老師知道是誰。」

「那個人不見得是男學生，也可能是●記號，班長後面一排的其中一人。」

臉幾乎貼在一起的我跟松田副社長喉頭深處發出呻吟，同時抬頭。犯人是女生？騙人吧？呆住的岩崎社長偷看大河原老師。大河原老師重重吐出一口氣。

「……對，我知道是女學生所爲。」

「女人的敵人就是女人啊，ＤＪ阿米說得果然沒錯。」界雄別過頭低喃，我惡狠狠地瞪他。

「這樣事件就該解決了。」春太一手撐著桌面起身。「既然鎖定自稱阿斯莫德的學生，按這所學校規定處罰她就行了。無論什麼藉口或理由，一旦踏錯那一步就是犯罪。」

然而，大河原老師苦澀地吐出一句話：

「……但事情還沒結束。」

「因爲堺老師被逼到停職在家嗎？」

「……對。老師包庇了自稱阿斯莫德的學生，但不肯說出理由，班長跟我現在也無從得知眞相。」

眾人的神情突然罩上一層陰霾，岩崎社長起身打開教室的照明。人工光芒粲然從頭頂灑下，我這才發現窗外太陽已落。我屏住氣息，注視與大河原老師面對面的春太。

「……堺老師訪問自稱阿斯莫德的學生家之後，態度突然轉變。雖說是高中生，但犯錯還是要接受嚴處。但在她家不知道發生了什麼事，回來的堺老師精神很差，甚至說要自己決定她的處罰。最後關頭的這個決定，對班長來說是種背叛。」

我想這是理所當然。她爲了全校女生犧牲自己，試圖逮住惡質偷拍犯。明知道對班上同學造成困擾，她還是大膽擬定三次換座位計畫，最終得到成果。然而……

大河原老師繼續說：

「班長並非希望讓阿斯莫德退學或停學，而希望對方好好向自己道歉，寫下承諾書，發誓不再偷拍。她寬大得驚人。然而，老師連這點程度的事都不許她做。」

松田副社長難以置信地搖著頭聽她說。

「……聽說老師在班長前下跪，除了一句『現在請妳忍耐』以外什麼都沒說。她當然不可能接受，只覺得實在太沒道理。」

「那是眞的嗎？」困惑的岩崎社長逼近大河原老師。「騙人，怎麼會有這種事。」

短暫沈默後，春太輕聲詢問大河原老師：

「——之後班長採取了什麼行動？」

「她直接找校長談判。」

「動用了最終手段啊。校長總算出場了。」

「聽說即便在校長面前，堺老師仍堅持不開口。」

這時，一道帶著嘆息的細語響起。是界雄的聲音。

「那個學生現在依然在堺老師的保護之下，厚著臉皮來上學嗎？」

「……不，班上有個女學生一直請假。從她朋友口中聽起來，她似乎相當消沉，把自己關在家裡。她恐怕就是自稱阿斯莫德的學生，知道老師受到停職處分。」

「老師您認識那位請假的女學生嗎？」春太問。

「她是我剛到母校藤咲高中赴任當實習老師時，第一個找我說話的學生。我跟她交談過幾次，這個學生的本性不壞，我想她現在正受到罪惡感折磨。」

「堺老師就像藉由自己的處分，促使她跟著反省。」

不過，界雄在春太耳邊耳語：

「總覺得很像在最後的最後把她一起拖下水……」

春太的視線在半空中打轉，接著停下來注視一個點。這代表他在深思。大河原老師對「拖下水」這個說法產生反彈，她的身體往前探到桌上。

「堺老師不會不惜造成旁人不幸，也要保護哪個人……他絕對不是這種人。」

可是，我想無論是受到委屈的班長，或是快被罪惡感壓垮的女學生，還有讓自己陷入停職處境的老師……大家好像都很不幸。

堺老師究竟要保護誰，又是爲了什麼？

「只有班長被拍到嗎？」我在椅子上坐正開口。

「什麼意思？」春太轉頭看我。

「我在想是不是還有其他人。」

「當然，其他學生也可能被拍到。但我覺得這不構成堺老師態度驟變的理由。阿斯莫德是要用紅外線偷拍透視到的內衣，若有其他受害者，照理說反而會讓老師更生氣。」

「可是老師態度丕變，表示阿斯莫德藏有意料外的球。我只想得到這個可能。」

「藏有意料外的球？她有最後王牌嗎？」春太一手摀住臉。「因爲手握王牌，犯人才會大膽起來……」

「對，大概是這樣。」

「她究竟在這間教室裡拍到什麼？在夏季制服下方……內衣以外……」

雖然春太正在認眞思索著，不過我無論如何就是對他吐出的詞語感到不快。因爲我是女生嗎？

「難道，」界雄靈光一閃，「說不定有人穿著無法公諸於眾的下流內衣，猥褻到會造成社會問題。」

要是有會造成社會問題的內衣，我還眞想看看。

「或是大顆的痣。」我說，幫忙增加一個想法。

「如果有大到可以當鏢靶的痣或斑，說不定眞的會造成社會問題呢……」

我的說法被界雄隨口應付，不禁再度消沈下來。但界雄表情一變，馬上改變想法。

「不，等一下，我之前都沒往這方面想。或許會透視到大片傷痕或手術痕跡。」

「大片傷痕或手術痕跡會形成弱點嗎？」

聽到我單純的疑問，界雄頓時無話可說。

「嗯……說、說不定有學生做過變性手術。」

如果是這樣，那還眞具衝擊性。各位，這裡也誕生一位妄想速度飛快的少年。

我們兩人一起嘆息。

假如去除痣、斑這種與生俱來的身體特徵，以及傷痕、手術痕跡的可能性，還剩下什麼？消去法中能出的牌都早早出完了。我想不出阿斯莫德的學生在這間教室裡，究竟透視到內衣以外的什麼。

「春太……」

我朝仰賴的春太投去求救目光。

春太帶著苦思的神態瞪著半空。他彷彿正在列舉種種可能性再一一排除，不斷推敲。時間流逝著。我抱著祈禱的心情旁觀。要是春太舉手投降，我就不知該如何是好了。

不久，春太好像終於出現靈光，他的雙手往桌上一拍，轉身看向大河原老師。

「老師！」他用連我都嚇一跳的聲音大喊。

「什麼？」大河原老師說。

「老師不喜歡吹冷氣嗎？」

「……爲什麼這麼問？」

「因爲您平時都穿著深色套裝，領巾也跟您很搭。」

大河原老師的目光落到自己衣服上。黑色長褲套裝搭上深藍襯衫，脖子圍著低調的領巾。然後，她慢慢抬起頭。

「那個，」松田副社長出聲，「這麼說來，老師您總穿著偏黑色調的衣服。」

大河原老師楞楞地望向松田副社長。

春太追問：「聽說上上週某個悶熱的日子，這間教室的空調壞了。那時老師您怎麼做？應該至少會脫下外套？」

「難道我也……」

宛如凍結的大河原老師凝視著春太。

「老師，您果然……」春太一陣動搖，椅子撞出聲響。

大河原老師看起來震撼不已。春太像嚥下苦澀的話語般難受地閉上眼睛。

「……根據您的反應，我大致明白了。堺老師不惜賭上教職也想保護的，是那位唯一一個在他心中留下牽掛的學生未來。」

我腦海冷不防浮現無數話語。

——我沒有畢業。以違反校規爲由，我被勸告自行退學。

——到最後都在袒護我的，就是班導師堺老師。當時我很排斥老師這份熱忱，惡劣地痛罵他後，逃也似地輟學了。直到現在，我都忘不了老師那時的表情……

——我出社會後遇到了很多事，不過二十六歲後，我到安養中心工作，並考過大學同等學力鑑定考試，開始上進修學士班。

——他發出大猩猩的吼叫聲。他又哭又笑，不斷大吼。

——對不起。妳一定會成為受到學生需要的老師，我希望妳努力下去。

「就跟教務主任的假髮一樣。」

春太一臉嚴肅，不知道對誰輕聲這麼說。我赫然回到現實。

「本人自以爲絕不會曝光，不斷告訴自己這件事不會映在阿斯莫德眼中。」

大河原老師垂著頭，雙肩微微顫抖。

「自稱阿斯莫德的女學生在家裡遭堺老師責備，大概出了王牌，那就是教室空調壞掉的那天，一張她拍到的照片——那張紅外線相機拍下的照片，敘述著一位學生過去被迫輟學的殘酷人生。我想堺老師大爲震驚，然後責備自己……這樣一來，老師的行動就合乎邏輯了。各位覺得呢？」

接下來是一段漫長的空白。我、界雄、岩崎社長、松田副社長都陷入沈默。不久，一道模糊的聲音從大河原老師的薄唇劃開。

「上条同學……」

春太以沈默答覆。

「謝謝你幫忙解開謎團，我居然到今天都沒發現，眞是太笨了。我這樣的女人果然不該做白日夢。」

大河原老師的眼眶滾落淚珠，沿著臉頰筆直滑下。淚水在桌面留下痕跡。春太別過臉，彷彿不願看到這一幕。保持端正坐姿的她轉頭望著岩崎社長跟松田副社長。

「抱歉，我無意欺騙你們。我的背上留著整面我想消除，但還無法消掉的過往。」

「老師，您說的……」

「刺青。」

望著困惑的岩崎社長，大河原老師露出脆弱的微笑回答：

我的嘴角緗緊，注視大河原老師。

界雄呼出一直憋著的一口氣，走向教室拉門。

「……你要去哪裡？」

「大約二十分鐘前，有個人一直站在走廊上聽。」

拉門的毛玻璃上映著一道隱約人影，我剛才都沒注意到。紅了眼眶的大河原老師跟春太同時回頭。當界雄打開門，一臉尷尬的草壁老師正站在那裡。他依序望向穿著藤咲高中制服的我們後，表情顯得更尷尬了。

「我來帶我的學生回去。」

他點頭招呼後走進教室。岩崎社長跟松田副社長都緊張地綳緊身體，而我跟春太驚慌失措。

「你們眞的是好管閒事得要命呢。」

老師小聲對我們說，接著走到大河原老師面前。

「我是清水南高中管樂社的指導老師草壁信二郎，這次給妳添了麻煩，眞的非常抱歉。」

大河原老師見他深深低頭道歉，連忙起身。拘謹的她緩緩搖頭。

「該這麼說的是我……眞過意不去。我時常從堺老師口中聽到草壁老師的名字。」

「這樣嗎？我也聽過大河原老師的事。」

「咦？」

「老師對大河原老師抱有很大的期待。他說，自己過去做不到的事，大河原老師說不定做得到。」

大河原老師緊咬住嘴唇內側，而草壁老師繼續說：

「……聽說自稱阿斯莫德的學生，將拍到大河原老師背後刺青的照片擺到堺老師眼前。老師很後悔過去沒能阻止自己的學生退學，因而責備自己。不過，那面刺青已經消失一半了。看得出正在去除，應該明年就會完全消除。」

大河原老師難以按捺地用雙手摀住自己哭泣的臉。

「……聽說去除刺青會伴隨著強烈的疼痛，也會在身體留下傷痕。即便如此，大河原老師還是爲了將來毫不羞恥地站在學生面前，努力想讓身體恢復原狀。堺老師因此感受到希望。」

大河原老師指縫中流出的微弱聲音，宛如祈禱般在教室中響起。

「謝謝你、謝謝你，這就夠了。」

「大河原老師……」

「我想讓堺老師解放。我不希望他爲了袒護我這種人……犧牲更多了……」

「意思是說，妳要放棄教職這條路嗎？」

大河原老師抬起頭，沒回答這個問題。她掏出手帕擦拭眼角。

「我又讓堺老師失望了。眞糟糕，我跟以前一樣完全沒變。我至少要在最後努力不造成老師麻煩。」

最後……我默默吸進一口氣。

「我接下來要去見兩位學生，一位是遭到不合理對待的可憐學生，另一位是被逼到絕境、還不成熟的可憐學生。若我這樣的人有資格，我要爲她們上最初也是最後的一堂課。」

大河原老師接著對我們深深低頭致意，就此離開教室。

草壁老師沒挽留她。我們也無法動彈。

大河原老師的腳步聲已從昏暗的走廊上逐漸遠離，但好像又轉個彎似往回跑。拉門敞開，她探頭進來，臉上帶著柔和的微笑。

「請代我向流浪學生道謝。」

「……流浪學生？」草壁老師瞪過來，我們三人縮起身子。

大河原老師輕聲說，「謝謝，與你們相遇眞是太好了」，接著這次完全消失身影。可以感覺到她正全力奔跑穿過走廊。岩崎社長跟松田副社長互看一眼，草壁老師推了推他們的背。兩人對草壁老師點頭致意，然後緊追在她身後。

教室裡只留下我們這些校外人士。

「這件制服該怎麼辦？」界雄捏著自己的制服拉了拉。

「明天再還吧。」我小聲回答。

春太默默邁出步伐，散發出一股沮喪苦惱的氛圍。春太……

「上条同學。」當草壁老師喊住他，春太背影一震地停下腳步。

「老師……」

「什麼事？」

「我是不是又像後藤祖父那時候一樣，把那個人逼上了絕路？」

草壁老師沒有回答。春太沉鬱地繼續說：

「……我自己心裡也有疙瘩，不明白刺青有什麼不對。」

我有同感。我無法判斷刺青究竟是以社會角度有問題，還是該以這是當事人自由一句話帶過。而且現在這被當成時尚元素，替換成「tatoo」一詞並留下刺青的人也很多。

「站在教育者的立場，唯有一件事我可以肯定。」

當草壁老師這麼說時，我、春太跟界雄都轉頭看他。

「因為會接觸到根本不想看到這些事物的旁人目光。」

草壁老師的視線投向完全黑暗的窗玻璃外。

「這有很關鍵的意義，所以過去的黑道跟罪犯才能不用任何言語，就顯示出自己活在偏離世間道路的世界。」

「老師，這件事不是發生在過去，而是現代。」界雄壓抑著情緒。

「現代也一樣。比方說，不是會有人在電車中講手機，還大聲說話嗎？這樣的人等於把自己的私事散布給根本不想知道的旁人聽。我覺得兩件事一樣。人須自覺到不想知道這種私事的人比自己想像得多得多，而自己會受到這些人嚴苛目光審視。」

春太凝望著大河原老師離開的方向很久很久。他欲言又止，最後還是無力閉口。

草壁老師低下頭，花一段時間調好鏡框位置。

「……那位老師不會有問題的。我們差不多該走了。」

藤咲高中的潛入劇就此落幕。

5

只不過是區區換座位，但又是重大的換座位……

有時光是跟至今沒說過話的同學成了鄰居，人生就出現華麗轉變。每次換座位時，尚未交到朋友的我都會滿心雀躍，期待自己或許有所改變。這樣的期待，直到受勸退學的那學期都沒停止。

當時我沒有靠自己的腳踏出一步的勇氣，才會寄託於那張折成三角形的籤。

我本來想告訴學生，曾有個少女度過了這種愚蠢的青春時代。

我本想告訴他們，過去那個少女渴求什麼，無法得到什麼，想看到什麼，沒被看到的又是什麼。

離開安養中心時，已經超過晚上九點。我名義上是約聘人員，但最近工作時間逐漸增加。我至今一直以上夜間部爲由堅拒加班，不過上週開始接受加班了。不出所料，所長勸我轉正職。但老實說我很猶豫。

我在離居住公寓最近的一站下車，走進寂靜包圍的住宅區。街燈下大型垃圾放置處，擺著我今早綁好拿來丟的教材。我斜眼一望，打算快步爬上公寓的鐵樓梯。

忽然，我發現某樣東西被擠到信箱外。大量廣告信間，一封厚厚信件露出一角。

看到寄信人的名字，我抱在手中的包包落到地面。我連忙拆封，連要先進屋都忘了，迫不及待地在微弱的照明下展信閱讀。信紙有十張以上。我反覆讀好幾次。淚水止不住地湧現，最後終於再也讀不下去。

信裡有幾句讓我難以忘懷的話。

妳說出一切的那晚，我接到兩位學生的聯絡。

關於她，我深刻感受到她有充分改過自新的希望。

而我也發自內心盼望妳回來。

明年、後年、從此後的每一年，我都會開出一個實習老師的名額。

等妳做好覺悟，能不能請妳聯絡我呢？

我把信抱在胸前抬起頭。現在還不遲。當時半路停下腳步的少女已經長大成人，擁有無論何時都踏得出嶄新一步的勇氣。

初戀品鑑師

【擬態】

動物模仿周遭物體或其他生物的顏色或外型，避免遭發現、保護自身的功效。

引用自明鏡國語辭典

這個世上竟然存在著一種會擬態成夜空的昆蟲。

那種昆蟲棲息在澳洲跟紐西蘭，在日本稱爲土螢。它的幼蟲生活在自己分泌的具黏性管狀圓筒中。聽說無數幼蟲散發出明滅光芒，宛如在夜裡閃爍的星星。

洞窟與草叢中的光輝都會高高地指向夜裡的光芒，那便是星星所在之處，更是無限延展的天空。小蟲子誤以爲往那飛就能到寬廣的空間，結果被從管子各處垂下的簾狀黏性物質捕住。可悲的是，據說連土螢的成蟲都會踏進這個陷阱。

我們想像到的螢火蟲，則是夏日的風景畫。飛舞在山間或溪流邊的點點螢光，一般認爲是螢火蟲在夜間辨認同伴、戀愛信號之用。

正因如此，那道幽光才予人無限遐思。

但聽說有一種雌性螢火蟲會模仿別種螢火蟲的閃爍節奏，別種雄性螢火蟲靠近時就會遭到捕食。剛知道這件事時，我簡直嚇死了……哎，假如不這麼做就無法覓得食物也沒辦法。人類沒立場對拚命求生存的螢火蟲說三道四，而我也早已從愛作夢少女的身分畢業。

對不起，我在說謊。我還是覺得濫用戀愛信號太過分了！

我這樣算是僅考慮到自身立場的解讀嗎？我問過春太。唉呀，小千，原來妳會爲這種事大發雷霆，眞拿妳沒辦法。跟妳說，不同種類之間的互相欺騙在自然界中十分普遍，反而只有人類會有同種類間的互相欺騙。自然界中，人類才是異類。人類眞的很愚昧……春太你是天上的神嗎？

現在我要說的，是一件似遠似近的往事。

那是我出生四十年前，一段互相欺騙的故事。

那也是初戀沒結果的雙人物語——

四散各處的天際碎屑　有的顫抖有的呼吸
將所有古老年代的　光的協約傳遞過來
鳥兒太過喧囂　使我茫然獨立

天際碎屑——也就是夜空中的星星。兩人的掌心紅腫，都已失去知覺。他們相信即便身處宛如深邃森林的現實之中，抬頭望去就能見到無數光芒閃爍。

然而，兩人仰望的光芒全然不同。

1

叮——咚——噹——咚——

我養成了豎耳細聽這是不是古典樂的習慣。

午休鐘響時，期末考最後一科結束。答案卷收回後，教室內充斥著安心與解放感。今天是週六，下午沒課。迅速結束一日總結時間跟掃除後，教室跟走廊充滿紊亂腳步聲，急著到社團的學生、接下來要去玩的學生、馬上就要回家的學生在校舍中亂成一團。

我拿著書包跟包著兩個便當的包巾趕往校舍四樓。

界雄從音樂教室的門口探出頭，對我招手。

「上条的肚子咕咕亂叫了，趕快拿便當過來。」

我滑也似進入音樂教室。所有社員圍成一圈打開便當，春太無力地倒在音樂教室角落。我戰戰兢兢走近，試著用指尖推推春太的背。他動了動。太好了，還活著。

我拉著春太上臂，加入眾人圍成的圈圈。一把塞給他便當盒後，我攤開便當包巾。一名社員注意到這幾天我們都用同樣的便當盒。那就是坐在隔壁的馬倫。

「……穗村，妳也準備了上条的便當嗎？」

「對，這是他幫我準備期末考的家教費。」

我打開便當盒蓋回答。今天是飯糰便當，餡料是柴魚片跟明太子。

馬倫輪流看向我跟春太地繼續說：

「這麼說來，期中考時的家教費是晚餐吧。上条那時脂肪率好像有點上升。」

我想著他的體質眞是明顯易懂，一面將叉子插進加鮪魚的玉子燒。

「我媽媽從這週起都不在家。」

「咦？」

「我爸爸在出差地感冒了，媽媽去照顧他。所以我把交換條件改成便當。」

「……原來這是妳親手做的。」馬倫佩服地道，然後他突然留意到一件事。「現在家裡該不會只有妳一個人？」

「別擔心，我跟附近的阿姨很要好。」

眾人沉默下來，直盯著我們。怎麼了？我過一會才意會到，這意味著同一屋簷下，而且還在深夜中，高中生孤男寡女共處一室；這時，春太兩手拿著飯糰，像小動物一樣默默進食。他相當全神貫注。

「他說他昨天晚餐跟今天早餐都沒吃。」界雄同情地看著春太，他自己也大口吃著飯糰。那顆飯糰的顏色真稀奇，有綠色、紅色跟黃色的粒狀物……

「你就別再一個人住，回到父母身邊就好了嘛。」成島也是吃飯糰，但她用筷子夾到嘴邊。

「我、我才不要。」春太繃緊臉，十分抗拒。

我好像可以理解他的心情。春太有三個姊姊，二女兒跟三女兒現在還住在父母家。包括住在東京的長女，這幾個姊姊對他複雜的人格造成影響。聽說現在光是二女兒跟三女兒兩個人，一個月的酒錢就超過十萬圓。

「對了，穗村跟檜山的考試手感如何？」

先吃完便當的片桐社長喝著裝在水壺裡的茶地問。二、三年級生若在期中、期末考的成績順位沒有一定程度的進步，平日六點後跟週日的練習時間就要縮短。包括曾留級的學生，管樂社中只有兩個人危險。

其中之一的界雄帶著滿嘴的飯糰回答：

「啊呣啊呣啊呣（我沒問題啦）。」

「……穗村呢？」

「啊呣啊呣（沒問題）、啊呣啊呣啊呣（不用擔心）。」

「你們瞧不起我嗎？好好對話！跟我好好對話！」

春太凝視著界雄的便當盒，成島跟馬倫也盯著瞧。界雄抬起頭，吞下口中的飯糰。

「我也是自己做便當。」

「……那是什麼飯糰？」成島蹙眉。

「三色混合蔬菜飯糰。」

「果然是這樣，眞是難以置信！」

「不能光用外表判斷。餡料是鯖魚罐頭，這是要讓頭腦變得好一點。」

「別說了，別說了！」成島大喊。

默默望著他們的片桐社長嘆出長長一口氣，然後站起身。

「快點吃吧，這裡一點以後合唱團要用。」

我都不知道這件事。大家連忙大口吃起便當。

片桐社長從書包裡拿出牙刷。管樂社規定飯後須刷牙。

「我們的練習從三點半開始，要用體育館的舞臺。」

「還要等超過兩個小時。」馬倫轉頭看掛在牆上的時鐘。

「這是草壁老師的指示，之前都是自由時間，可以休息一下讓剛考完試的頭腦轉換過來，也可以做個人練習，想做什麼都行。」

我也轉頭東張西望。總是活蹦亂跳的一年級生後藤不在。

「請問後藤人呢？」

「她去探望祖父，聽說今天早上狀況又惡化了。她說大約三點半會回來。」

我閉上嘴。春太急忙吃完界雄給的「讓頭腦變好的飯糰」，接著起身在書包裡翻找，拿出一份樂譜在我面前甩了甩。

「小千沒有閒暇休息吧？」

我發出悲鳴。那是柴可夫斯基的〈第六號交響曲　悲愴　第一樂章〉，預定三週後在大會預賽上演奏的曲目。

仔細刷過牙，我獨自待在校舍一樓的空教室。我戴著耳機坐在教室正中央的椅子上，沉浸在窗外吹進來的舒適微風吹拂中，跟樂譜大眼瞪小眼。

選曲是古典樂，這首曲子其實從去年就當成練習曲鑽研至今。

少數人原本無法演奏這首選曲，不過草壁老師幫我們改編。那時根本沒想過會被選爲比賽曲目，大家因此提出許多積極的演奏提案。一想到也是當時開始重新評估分部，我就察覺草壁老師把步調掌握得很好。

春太、馬倫跟成島的負擔很重，支撐他們的齊奏也需要高超技巧，而界雄也很辛苦，他要跟一位一年級生負責鐃鈸、定音鼓、大鼓等打擊樂器。

我反覆聆聽耳機中流出的示範演奏，用視線追逐樂譜上的音符，一面想像長笛分部。我不想扯大家的後腿。我合奏時會犯十次以上的錯誤，我想努力在下週減少到五次左右。

我整理出自己融會貫通的重點，用色筆在樂譜上寫筆記，但還有幾個拍子我搞不太懂。我不能隨便就問春太跟成島，因此手指煩惱地輕敲樂譜，此時後方突然罩下一道影子，我的色筆被輕輕抽走。

我拿掉耳機回頭看，只見芹澤站在那裡。她的頭髮比春天時長了一點。

「我找妳找好久。」

她站在陽光中說，我眨著眼指向自己。

「……找我嗎？」

芹澤點點頭，接著伸出拿著筆的手臂。「這裡妳不懂吧？」

她在樂譜上振筆疾書，在我抄下草壁老師指點的地方加上她的解釋。我拉開椅子，尊敬地抬頭看芹澤。接著，我宛如渴望食物的幼鳥一樣張開嘴。

「那個表情是什麼意思，希望我教你嗎？」芹澤轉著筆。

「妳願意教我嗎？」我探出身子。

「行呀，我可以幫穗村這個忙，妳不懂的地方我都會教妳，乾脆上個一日課也沒問題。」

我開心得想撲上去抱住她，但她那張彷彿暗示著什麼的笑容令人在意。這麼說來，她有事找我才會到這裡。

「有什麼我可以幫忙的嗎？」我抬眼問她。要按摩肩膀？還是跑腿？

「現在馬上帶我去片桐社長那裡，我要跟他談一件有點複雜的事。」

「妳直接去就行啦。」

「就是不想自己一個人去，我才會拜託妳呀！」

她大發脾氣。我想起兩人因爲片桐社長的妹妹而有點恩怨。她是不是自己一個人會膽怯，才來拜託我呢？這點小事輕輕鬆鬆。

仔細一看，芹澤手中拿著一張奇怪的明信片。

「片桐社長——！」

我打開音樂準備室的門，扯起不輸隔壁合唱社練習的大嗓門。片桐社長拿著小號吹嘴從裡頭現身。他似乎正拿擦拭布保養著樂器。

「芹澤有事想談談。」

芹澤躲在我背後，她帶著緊張的神色點了點頭。

「有事？要跟我談？」片桐社長走過來，又轉頭望著合唱團練習中的音樂教室。「在這裡談嗎？」

芹澤欲言又止地皺起眉。

注意到合唱社的練習跟片桐社長的聲音都糊成一團，我說：「換個地點吧？」並推著兩人的背，走出音樂準備室。我們三人走上走廊，尋找盡量遠離音樂教室的空教室。這時，片桐社長拉了拉我的制服，嘴湊到我耳邊。

「……穗村，不好意思，妳等一下能不能到校外的商店街買草莓大福過來？根據檜山的情報，這好像是她最喜歡的食物。」

但他只交給我一枚百元硬幣。

「買草莓大福嗎？這不夠。」

「妳先幫我墊。事關緊急，妳想想，她說不定改變心意入社。」

「什麼嘛，不良居心太明顯了。」我接下區區一枚百元硬幣後緊握住手，內心產生一股想朝他扔過去的衝動。

「離比賽還有三週，按照她的技術，現在加入也能融入合奏。」

他已經不顧顏面的態度讓我不僅傻眼，還不禁替他感到窩囊又可憐，然而，火大的情緒緊接著一湧而上。你爛透了！妳眞囉嗦！我們兩人在走廊上爭論，芹澤介入我們之間。

「如果你們可以更加緩慢、輪流、清楚地說話，我會很開心。」

「也對。」我離開片桐社長身邊，惡狠狠地瞪他。

往校舍二樓移動的途中，我們跟自主練習中回來的春太擦身而過。他提著法國號盒。不出所料，他停下腳步並興味盎然地看著片桐社長、芹澤跟我的組合。要是他有尾巴，現在肯定搖個不停。

「走開！走開！」揮手趕人後，我拉著片桐社長跟芹澤的手臂快步往前。春太格外安分，我在意地回頭一看，發現他從制服長褲口袋掏出手機，不知道打簡訊給誰。

「這裡可以吧。」

片桐社長走進二樓一間空教室。這裡離音樂教室很遠，合唱社練習聲幾乎傳不過來。片桐社長跟芹澤走到教室中央，隔著一張桌子面對面坐下。

我無事可做地站在拉門前。他們兩人要單獨談話吧？我待在這裡會礙事吧？正當我想回到原處時，芹澤對我招了招手。我可以待在這裡嗎？我用眼神詢問，見她點頭答應，我開開心心地跑近她。

此時，我留意到腳步聲變多了，於是停步回頭看。

春太、界雄跟成島帶著尷尬的表情站在正後方。又有一個人來了。啊，馬倫也來湊一腳……我看向片桐社長，他靠在桌上頭疼地抱著頭。

「我會負責把他們拈出去。」我扯住春太的耳朵，像個牧童一樣想把眾人趕出教室。

「——留在這裡也沒關係。」

聽到芹澤沉著的聲音，眾人「咦」的一聲同時轉頭。

「……說不定聽得到寶貴的意見。」

芹澤聽起來就像在說服自己。春太等人互望一眼，趕在她的想法改變前，大家連忙在兩人周圍的位子就坐。

芹澤被管樂社主要成員包圍，她用有些扭捏的語氣開口：

「有個叫朝霧亨的男學生，我想他跟片桐社長同班。」

「朝霧……」頓一拍後，片桐社長整張臉皺成一團。他連忙擺出溫和的笑臉問道：「的確有這個人，他怎麼了嗎？」

「那個人是何方神聖？」

好驚人的問題。片桐社長揀選著用詞地陷入沈默。不久，他像突然哭出來的女生一樣雙手摀住臉。「抱歉，我難以說明……」

咦？什麼？怎麼回事？他到底是什麼樣的學生？

坐在我旁邊的春太插話：

「我聽過他的傳聞，聽說在三年級中，他是個被學生會長日野原學長盯上的不得了大人物。」

「大人物？」我產生過敏反應。「討厭！他是什麼樣的大人物？」

片桐社長視線游移，好像在稍做思考，接著他低聲問：

「那傢伙究竟對芹澤妳做了什麼，芹澤又想怎麼做？妳能以這個角度告訴我們詳情嗎？這樣比較快。」

芹澤默默回應他的凝視，睜大了眼睛。

「可以呀。現在我的姑姑跟那個叫朝霧亨的人在這所學校面談。」

「等一下。」片桐社長打斷她。「……抱歉，希望妳把事情的時序往回倒，順便用我這個笨蛋也能輕鬆聽懂的方式詳細說明。芹澤的姑姑？面談？在這所學校？跟朝霧？為什麼？我完全莫名其妙。」

芹澤深深嘆息，她接著毫無抑揚頓挫地開口。我明顯感覺出她對那個叫朝霧亨的三年級生沒好感。

「我有個在澳洲經營雜貨店的姑姑。等我高中畢業，她預定回國跟我一起生活。」

「小直，妳要離開那個家嗎？」界雄訝異地問。

「對。」芹澤臉上帶著堅定的決心。

「這樣啊……」界雄靜靜回答後，用不會傳進芹澤那隻耳朵的微小聲音對我們說明：「小直的姑姑幾十年前就被芹澤家斷絕關係了。她現在快六十歲，是這所學校的畢業生。」

我不禁望著芹澤。她頓了約兩個呼吸的時間後，開始生硬敘述：

「姑姑跟我一直用電話跟信件保持聯絡，她一個月前匆忙回國。表面是觀光，實際上想預先找好往後的住處；但她還有另一個目的，那就是替兩年後的生活做準備，她想整理一下身邊各種事物。因此，她委託這個町的徵信社尋人。」

「尋人？」片桐社長做出反應。

芹澤難以啓齒地撇撇嘴，最後終於吐出一句話：

「……她要找初戀情人。」

「哦，事情總算連起來了。她委託朝霧徵信社吧？」

芹澤點頭。

成島露出古怪的神色，她好像跟不上對話發展地對春太耳語：

「……喂，現在徵信社會幫忙找初戀對象嗎？」

「這工作聽起來好廉價。」春太忍著呵欠回答。

「笨蛋，初戀可是商機。要是敢瞧不起初戀，財富可會從這種人身邊溜走。」下一秒，片桐社長別過頭，他一臉覺得自己眞糟糕似地摀住臉。「被朝霧的口頭禪傳染了……」

聽到這段話，芹澤的呼吸變得有些急促。

「我聽說這是一家老字號徵信社。姑姑的委託已經結束了。她告訴我，徵信社調查出她初戀情人幾十年前的住址，但對方現在已經搬家，音信全無。這件事就以浪費錢的結果作結……但問題發生在這之後。現任社長的兒子寄了一封挑釁般的明信片到我姑姑住的旅館，就是這一張。」

眾人像俯視水井一般，靠近看芹澤放在桌上的明信片。

很抱歉調查結果無法讓您滿意。

身爲預定繼承第三代的朝霧家獨生子，我也相當遺憾。

不過，請恕我失禮，您記憶中的初戀，

那是眞正的初戀嗎？

我正在研究能確認像您那樣初戀眞僞的方法。
所謂的初戀到底是什麼？
如果您有興趣，懇請撥冗蒞臨我們的研究所。

清水南高中　初戀研究社代表　初戀品鑑師　朝霧亨
聯絡方式　××－××××－××××

初戀研究社……初戀品鑑師……
太可疑了。字裡行間散發出一股學校中腦子有問題學生特有的氣息。我感受得到。
「一起送到旅館的，還有指示如何通往學校舊校舍社辦的地圖。這個當下，我姑姑正跟那個叫朝霧亨的人面談……我該怎麼做？」
芹澤的聲音憤怒地顫抖。片桐社長頻頻點頭，表明自己深有同感。
「研究所在文化社團社辦分配到的舊校舍一樓，跟戲劇社、發明社還有地科研究社在同一排。那裡別名『青少年野生動物園』。」
青少年野生動物園……芹澤在腿上握緊拳頭。
性格單純的馬倫問：
「初戀研究社？我記得去年四月社團共同說明會中，好像沒有那樣的研究會。」
片桐社長嘆著氣回答：

「他無意參加共同說明會，他打算在自己這代就讓研究社關門大吉。」

眞是我行我素。這所學校眞的充滿這種傢伙。

聽到這段話，芹澤宛如生病的野獸般發出低吟。

「初戀品鑑師……他瞧不起人吧？我有認識的人在國內一流飯店餐廳擔任葡萄酒品鑑師。那是一份很棒的工作，品鑑師是純正的侍者，也是一流的服務生。」

她緊接著浮現古怪的表情，彷彿壓抑著內心蒸騰而出的某種情緒。

「……我對蔬菜品鑑師很有意見，不過算了，可以接受。在如同雨後春筍般冒出來的品鑑業中，挑選放置各種機構大廳書籍的書籍品鑑師很令我火大，但讓這個相形之下都顯得可愛的初戀品鑑師到底什麼東西？麻煩哪個人跟我說明一下。」

春太嘆氣地出聲問：

「——社長，實際上那位朝霧亨學長實力如何？」

芹澤動了動，激動的情緒稍微緩和下來。

「實力？」

「根據明信片跟他的發言，他很認眞對待初戀鑑定這件事吧？」

「對，我親身體驗過。」

教室裡所有人都吃了一驚，芹澤也朝他投去求救的目光。

「我高一也跟朝霧同班。見過一面你們就明白了，即便是第一次見面的人，他也能營造出兩人有如舊識的氣氛。不知道因爲我放鬆了心防，還是被他誘導式提問釣到——現在我可以斷言是後者。不過，我當時不小心將國中的初戀經驗告訴朝霧。那是一段我升高中後不時夢到的淡淡回憶。朝霧宛如流口水的杜賓犬一樣表現出濃厚興趣。」

「片桐社長的初戀……」

雖然失禮，不過眞意外。這還是我第一次聽片桐社長講起這方面的事。

「朝霧懇求我，『因爲我父母職業的緣故，我現在正對初戀的眞僞做研究。我會努力讓你的初戀修成正果，所以你能不能協助我的研究？』我並沒有讓初戀修成正果的念頭，只想當成回憶悄悄珍藏。不過那時大概一時鬼迷心竅……一方面多少懷抱希望。朝霧並未錯過我的動搖，最後我還是把初戀情報告訴他了。」

片桐社長遙望起遠方。

「……跟我同年級的她參加游泳社。在我讀的國中，通往管樂社社辦的走廊就沿著泳池而建。我常常特意挑她們做暖身操的時候經過。」

「總覺得居心不良。」我插嘴。

「我抱著純粹的戀慕心情。實際上，我無法直視她穿泳裝的身影。那時光意識到她人就在附近的氣息，或聽到她的聲音，就讓我小鹿亂撞。」

我好像可以理解。

「……告訴朝霧這件事的幾天後，他遮住我的眼睛，帶我到校內某處。我馬上發現那在學校泳池附近，但令人驚訝的是，國中時代那份心情突然復甦了。」

「不是錯覺嗎？」春太問。

「不是錯覺。升上高中後，我數次經過泳池邊，但這是我第一次有那種感受。」

「朝霧學長究竟做了什麼？」我問。

「他說是企業機密，不肯告訴我。」

「他做了什麼呢？」春太抱臂深思起來。

「……請問，他研究的結果是什麼？」馬倫開口。他似乎很在意接下來的發展。

「他說這份初戀貨眞價實，等級四，若要開花結果得用八年。」

界雄「噗哈哈」的笑聲在教室內響起。

「他的說法是，『你的初戀是她，不過也愛上了氯』。」

「氯？氯是游泳池消毒時的那個白色錠劑？」成島推了推鏡框，眨眨眼睛。

「對。我還拿到一份與『氣味』有關的莫名其妙報告當根據，我看也不看就撕碎扔掉了。」

「氣味啊……」這次換春太在意起這個詞。

「就是氣味，不過那又怎麼樣？」

我也有了興趣。初戀跟氣味有什麼關係呢？

「……然後呢，重要的初戀有結果嗎？」我爲求謹慎地問一聲。

「根據朝霧的情報，她隔年就會到國外留學。結局就是我被朝霧的研究利用，初戀隱私被吸得一乾二淨。最後他還說『你就留著這個將就一下』，擅自從我們母校拿來據說是她常用的浮板，我扔回去給他了。不知道爲什麼，上頭還有剛留下的齒痕。」

這結局爛透了。我低頭望向默默垂著頭的芹澤。她應該不會抓狂吧？不會有事吧？不久，她顫抖的聲音傳到耳中。

「……謝謝，還好有找你商量。」我望著她那張怒火如海嘯般湧現的側臉。「看來我的姑姑正被那個叫朝霧的怪人戲弄。那種何止是穿著鞋，根本是穿著釘鞋踐踏旁人隱私的人，我絕對無法原諒。要是姑姑有個萬一……」

芹澤起身搶走界雄手中的鼓棒，離開教室。被留下的我們愣住了。

「怎麼辦？她拿著鼓棒走掉了。」馬倫很擔心。

「以小直的個性，她只會用來威嚇。」界雄嘆息。

「那倒是會出現可愛的畫面。」成島伸懶腰。

「她大概會強行把姑姑帶回去，事情就此結束。」春太冷靜分析結果。

「等一下，太過分了吧？你們不幫芹澤的忙嗎？」我站在眾人面前張開雙手。

「……情況不妙。朝霧很有本事，正面衝突的話，芹澤會被他惹哭。」片桐社長呢喃著嚇人的話語。

「走啦、走啦！」我像棒球三壘跑壘指導員般轉動手臂。

片桐社長望向手表。

「還有一個半小時練習開始。我想賣芹澤一點人情，遲到一下還可以接受，所以就從代表隊裡選出兩個人吧。」

「怎麼選？」春太問。

「這種時候還用問嗎？」

大家圍成一圈開始猜拳。

2

石頭，剪刀，石頭，布。兩人打好暗號後一直依序出同樣的手勢，變成一組的機率就會上升。跟春太如此合拍，讓我陷入複雜的心境。我們抵達有文化社團社辦的舊校舍後，我拿出小毛巾擦掉額頭的汗。一路上刺人陽光當頭粲然注下。

春太抓著芹澤的手臂，她的喉頭微微顫動。

「……這裡就是青少年野生動物園？」

「那只是一種比喻。」

春太好像注意到什麼，頭轉向一旁。一名女學生一手拎著安全帽，哼唱著歌走過來。她綁成一束的長髮從左肩垂下來。她似乎哼著我聽過的流行歌，不過她是個與外表不搭的音痴，所以聽不出到底哪一首。少女正是地科研究社的麻生。她另一隻手提著便利商店的塑膠袋，裡頭裝著一大堆紙盒裝果汁跟冰棒。看得出是爲在社辦等待的伙伴買的。

她沉浸在自己的世界中，但一留意到春太便停下腳步。

麻生唇邊泛起連我這個女生都內心一動的可人微笑，然後從袋中取出細長的紙盒裝果汁扔給我們。那是草莓牛奶口味的果汁。

「界雄就麻煩你們了，請代我轉告他『歡迎偶爾來玩』。」

她踩著輕快的步伐走向舊校舍入口。

「那女的搞什麼？」

芹澤將吸管插進紙盒中，用力握緊飲料到要捏爛般吸起裡頭的果汁。

我跟春太全部喝完後，在校舍入口脫下室外鞋，踏上一樓走廊。這裡像洞窟般昏暗，令人在意。我們一起依序確認社辦拉門。找到掛著初戀研究社牌子的拉門後，我們在門前站住。裡頭傳來談笑聲。

芹澤正要一把拉開拉門時，春太溫柔地按住她的肩頭。

「等一下，他們說不定在談嚴肅的話題。」

所以先觀察情況吧——春太這麼說，並將側臉湊向拉門。我也跟著這麼做。芹澤調整好助聽器的位置，將耳朵緊緊貼上。我們清楚聽到裡頭的聲音。

（……費洛蒙？）

（……難怪您會吃驚，畢竟費洛蒙原本是蛾一類昆蟲散發出的引誘物質。）

（……這樣啊。）

（……時間有限，我就單刀直入了。我們希望盡早請芹澤響子夫人嗅聞「初戀費洛蒙」，進入「初戀恍惚狀態」。）

芹澤面無表情地遠離拉門。

「我可以踢破門嗎？」

「可以呀。」我答道，開始覺得什麼都無所謂了。

「唉呀唉呀。」春太安撫她，接著敲敲門。

「抱歉兩位忙碌時打擾。我是管樂社二年級的上条春太，與我同年級的芹澤直子有急事找姑姑，請恕我們突然前來打擾。我們的朋友穗村千夏也一起同行。」

社辦一下子安靜下來，拉門緊接著打開，一位修長得不輸馬倫的男學生現身門後。他用髮膠將頭髮梳成西裝頭，白皙而帶著清潔感的臉上掛著落落大方的笑容。

他背後有個探出頭的年長女性。她穿著淡米色套裝，白髮染成不會太顯眼的漂亮棕色。外表應該比我媽媽大一輪，不過她看起來年輕得不像年近花甲。

「唉呀，直子……」

「姑姑，我擔心妳，所以跑過來了。」

兩人像親密的同班同學般在社辦裡手拉手。然後，芹澤姑姑的視線停留在我們身上。

「我是芹澤響子，直子平時受你們關照了。」

「亂講、亂講，是我在關照他們！」芹澤指向我們兩人。

「回去吧，小千。」「——好。」我們轉過身，但制服被芹澤抓著不放。做什麼啦。

「我是上条春太，平日常受直子同學關照。」春太對芹澤姑姑深深低頭致意。

「我是穗村千夏，要是沒有直子同學，我就活不下去了。」我也深深點頭打招呼。

「呵呵，直子有這麼有趣的朋友，眞令人開心。畢竟這孩子很怕生。」

芹澤姑姑的眼角浮現深深皺紋。這是一張讓人感受到她直爽個性的笑臉。

我注意到在一旁看著的朝霧學長，連忙點頭打招呼：

「對不起，我們突然打擾——」

「我們是初次見面對吧？」

朝霧學長笑著露出一口白牙。他遞名片的動作毫不客氣、猶豫、迷惘，上頭清楚印著〈初戀研究社代表　初戀品鑑師　朝霧亨〉這行字。

「……你不過就是個區區高中生。」

芹澤滿臉凶惡地瞪著朝霧學長，但他完全視而不見，反而望著芹澤姑姑開口：

「芹澤響子夫人，這時暫時中斷是不是比較好？」

接下來，芹澤手腳並用，連珠炮似向姑姑說明至此為止的來龍去脈。芹澤姑姑呼出一口氣，顯得有些猶疑。

「……可是呢，直子，我的確一直維持單身，看起來也不像有男女關係，所以長期受到周遭誤會。不過無論是在生物學上還是心理學上，我都是如假包換的女性哦？也有過初戀哦？活到我這把年紀，總想知道初戀對象現在過得怎麼樣——」

「問題是這間研究所很可疑！」

芹澤高聲大喊，芹澤姑姑露出傷腦筋的表情。

「別這麼說，朝霧同學問了我一個相當『耐人尋味的問題』。假如他有辦法重現，我希望他試試看。」

重現？我不禁望著朝霧學長。他正在梳整梳成西裝頭的頭髮，露出無畏的微笑。我想起片桐社長說他很有本事。

「朝霧同學，直子跟她的朋友可以一起留在這裡嗎？」

兩人之間好像交換了什麼眼神。

「當然沒問題。」

朝霧學長答應了，所以我跟春太走進社辦，興趣十足地東張西望。

這間社辦格局似乎由兩間約六疊大的房間連接而成。

芹澤姑姑一臉懷念，她仰望著天花板。

「……這原本是美術教室跟資料室。我們以前用過的校舍還留著，我眞的很開心。」

社辦被許多書櫃跟不鏽鋼櫃包圍。春太一臉稀奇地看著一座書櫃，裡頭擺滿關於氣味的學術書以及跟大腦運作有關的書籍，還有味覺相關資料。朝霧學長明明是高中生，這裡卻連與葡萄酒品鑑書都有。貼著標籤的無數成排空瓶也很有特色。有的塞著塞子，有的沒有，有的裝著奇妙液體，什麼都有。有一支貼著「日野原」標籤的直笛，上頭寫著龍飛鳳舞「初戀等級五」幾個字。

「不好意思，打擾了。」

一群穿著服務生風圍裙的嬌小女學生一個接一個走進社辦。總共四人，她們不知爲何拿著工作手套，恭敬地稱朝霧學長爲「初戀品鑑師」。我有多得跟山一樣的事想問她們，不過眞不知道從何問起。

她們在社辦中央的桌邊準備好數張椅子，於是眾人坐下來。

朝霧學長站到我好像在哪裡看過的白板前，那群初戀品鑑師少女則將茶跟配茶的小餅乾送到每個人面前。端茶給我的少女突然湊近臉，開始聞個不停。

「妳的呼吸中有戀愛的芳香。這是甜蜜的草莓牛奶，屬於酸酸甜甜的青春香氣。」

多謝妳哦，我會努力。我不帶任何感動地回答。

芹澤姑姑津津有味地啜飲幾口茶，接著開口：「……朝霧同學，你剛才似乎很急，不過我有很多時間，配合這些孩子的步調就可以了。」

「我明白了。」朝霧學長轉身面向我們。「那麼，芹澤直子小姐。」

「咦，叫我？」芹澤挺直背脊，將一隻耳朵轉過去細聽。

「我想問妳一個問題：妳認爲初戀是什麼意思？」

芹澤露出認眞神色思考，她好像想到哪個人的臉，臉頰跟耳垂都變得有點紅。

「……有生以來第一次談的戀愛嗎？」

「……眞是個大外行。」

其中一位初戀品鑑師少女扔下這句話，芹澤發出一聲巨響地從椅上起身。

等等等等，不能吵架。

「原來如此，根據妳剛才那句話，我大概明白妳的認知了。進入正題前，我先稍微談一下似乎比較好。」

朝霧學長盤著胳臂自顧自講起來，於是我們擺出凝神傾聽的姿態。

「我一開始成立初戀研究社，是因爲我家經營徵信社。跟全國設點的大企業不同，我們家是小本經營，外遇調查、背景調查這類靠得住的工作都會被擁有豐富資本與人才，並且投注大筆資金打廣告的大企業搶走。」

我舉手發問：

「……徵信社不會調查凶殺案嗎？就是警方幹部哭著來委託的那種。」

「妳看太多推理漫畫跟動畫了。不過我可以理解那種期待感，說實在，我小時候也真心以爲身邊每週都會發生綁架案、模仿殺人、密室分屍凶殺案，然後警方的大人物會下跪求我們幫忙解決。我還曾寫在七夕的許願籤上，結果在町內委員會惹出大問題。」

他度過危險的少年時代後，究竟如何踏上這條路，獲得初戀品鑑師這個可疑頭銜呢？我開始感興趣了。

「對了，你們知道現在徵信社都有『尋找初戀』的服務嗎？其實那是我們家上一代在苦惱中想出的策略。」

「哦，是這樣啊。」春太老實應聲。

「尋找初戀的工作意外好賺。這不像外遇調查或背景調查那麼花時間，也不需要人力。根據案例，也有靠文書工作就能解決的情況，而且只要願意，也能獨自同時處理數個案件。更重要的是，有潛在顧客。」

好賺的工作、文書工作、潛在顧客——這些滿心做好繼承家業準備、不像高中生的用語不停跳出。伴隨著學長肯定的口吻，讓我感受到莫名的說服力。

「比方說，有種服務叫婚友社吧？登記的女性幾乎沒有想飛上枝頭當鳳凰的人。當然了，就是平日沒有邂逅機會，才會到這種地方登記。唉呀，這種話題對你們來說是不是太早了……」

「的確太早了呢。」芹澤姑姑聽得饒富興味。

「穗村千夏小姐。」朝霧學長突然點名我。

「我？」

「假設妳遲遲找不到對象，因此到婚友社登記。」

「我才不要……」

「這是假設。比起請人幫妳找個身份不明的對象，有機會跟過去認識的異性重逢，妳不會覺得這樣再好不過嗎？」

好像確實是這樣。我微微點頭。

「妳這種人就是潛在顧客。我們會以在婚友社登記的男女為對象寄送廣告信，問他們想不想知道初戀或過去留意過的異性現況如何。這不是幫忙介紹結婚對象，就只是『那個人現在過得怎麼樣？』的簡單背景調查。如同剛才所說，這些事很輕易就調查得到，所以調查費也能壓低。這個方案就正中紅心了。」

這次換春太舉手發問。

「上条請說。」

「寄送廣告信需要顧客名單吧？這種東西能輕易到手嗎？」

「路上走一走，就撿得到掉在路邊的名單。」

「哪裡有這種路?」芹澤低吼著，似乎隨時都會撲上去咬他。

「等妳長大就知道了。」

芹澤姑姑的眼角帶著笑意。

「直子，朝霧同學很有趣吧。他說話方式也很老成，背後說不定有一條拉鍊，裡頭藏著一位滄桑的大叔。」

「被您這麼說，可眞是傷腦筋啊。」朝霧學長撓撓後腦杓。

「快點繼續說。」芹澤笑也不笑。

「嗯，差不多要進入正題了，請你們抱著這樣的準備聽。『那個人現在過得怎麼樣?』這個背景調查成了我們家的熱門商品，大部分委託者都希望我們幫忙找到初戀對象。但我留意到就算找到初戀對象，許多人的反應也很平淡。」

朝霧學長在這裡頓了一下。

「所謂的初戀，大抵來說就是過去的記憶。正因爲是過去的記憶，才能在回顧後定義那是初戀，而且大幅美化。所以一旦目睹現實，就會因爲之間的落差而卻步。」

「回憶不就是這樣嗎?」

「這點我不否定。不過我預定繼承第三代，不想讓顧客失望，我想獻給他們『滿足』這個附加價值。接下會讓人失望的工作實在太空虛了。」

「附加價值……」

聽著屢次出現的營業用語，我露出有點跟不上話題發展的表情應聲。

朝霧學長揚唇一笑。「你們不覺得初戀才最需要鑑定嗎？」

「……鑑定？」

「對。精準重現當時的狀況，從記憶中除去誇張與扭曲的要素，僅抽出純粹的情報來進行鑑定。」

我看向芹澤姑姑，她聽得頻頻點頭。我將臉轉回來。

「怎麼做？」

朝霧學長將一隻手舉到鼻邊，優雅地搧動掌心。

「嗅覺，就是聞味道。」

「啥？」

「正確來說，不是我聞味道，而是顧客。」

在朝霧學長的指示下，一名初戀品鑑師少女在白板寫下大大的「普魯斯特」幾個字。

「普魯斯特效應（註）。這是聞到一種氣味，過去的回憶就會在腦中鮮明浮現的現象。記憶與氣味強烈連結，甚至有人認爲文字、味道、顏色跟聲音根本無法與之相提並論。在現代國文課讀到隨筆的時候，你們有沒有發現將氣味與回憶連結的例子很多？」

這樣嗎？我用目光問春太。

註：命名自法國意識流作家馬塞爾・普魯斯特（Marcel Proust），於其代表作《追憶似水年華》（À la recherche du temps perdu）中，有一段瑪德蓮蛋糕的香氣與味道勾起主人公過往回憶的細膩描寫。

沒錯，春太用目光回答。

「……好像變成像發明社回憶枕那樣的話題了。」

我對他耳語。這道微小的聲音傳進朝霧學長耳中。

「哦，回憶枕啊。我聽過傳聞，他們是把色聽跟記憶連結起來，對吧？構想很有趣，不過要做出結論還太早了。」

「你的聲音有點大哦！」我站起來。「天曉得社辦就在北邊的發明社會不會在哪裡裝了竊聽器！」

「不要小看朝霧徵信社第三代！要是有那種東西，我馬上就察覺了。」

即便是這種愚蠢的對話，芹澤姑姑仍帶著聖母般祥和的表情傾聽。

「……回歸正題。我在初戀研究社提出一個假說，那就是——初戀是因嗅覺而生的感情。嗅覺是唯一一個與大腦直接連結的感官，而且還是直接連結到邊緣系統這個主宰人類本能與情緒行爲的大腦部分。有人四歲就經歷初戀，也有人年過三十才經歷初戀。第一次喜歡上異性的行爲並非來自理性思考，而是接近本能的感情在運作。」

「討厭，這樣好像動物。」我像個夢想被破壞的小孩。

「倒不如說這樣才好，正因如此，年幼的孩子也能經歷初戀；正因爲是與大腦直接連結的嗅覺所產生的感情，才會形成長久留在記憶中的現象。」

「……也就是說，初戀現場一定有『氣味』這個因子。」

聽到春太歸納重點，朝霧學長的眼神中流露出銳利神采。

「從剛才開始，你的悟性就很好。我們要重現那個氣味，讓顧客嗅聞。因此如何調配氣味就成了重點。」

我莫名順從地感到信服，忍不住深吸一口氣。

芹澤則因爲內容太奇特而露出呆滯的表情。

「不知道這樣是否能讓你們理解初戀品鑑師的工作了？我們運用普魯斯特效應，鮮明喚醒初戀的記憶。智慧的力量、想像力及重現技術都是看點。順帶一提，爲求方便，我們將成功重現的氣味稱爲『初戀費洛蒙』，將清楚回想起當時狀況的顧客稱爲陷入『初戀恍惚狀態』。」

芹澤倏然回神。她緊咬唇瓣，像要與山田風太郎小說中的幻術師對抗一般，搖晃姑姑的肩膀。

「不行、不行、別被騙了，姑姑妳該不會眞心相信那個人的話吧？」

被左右搖晃的芹澤姑姑閉上眼睛。

「我相信他。直子妳好像對他有誤解，不過他本性認眞。」

芹澤一下說不出話，嘴巴一張一闔。

本性認眞……這句話讓我很在意。

他問了我一個相當「耐人尋味的問題」——芹澤姑姑這麼說過。

綁好服務生風圍裙帶的朝霧學長泛著爽朗笑意。他俐落下達指示的聲音響起，兩位初戀品鑑師少女拿著工作手套離開社辦。接下來到底會發生什麼事呢？

「我可從沒聽過姑姑的初戀哦？可以告訴這些傢伙卻不能告訴我，當中有什麼理由嗎？」

芹澤指著那些傢伙，他們不知道從哪裡變出壽司桶跟飯杓，正用布賣力擦拭。

「……直子，有些事就是不認識對方才說得出口，也有些事不希望重要的人知道。」

芹澤的雙眼流露出無法以言語表達的不滿，她緊閉著嘴低下頭。看著她這個模樣，我覺得有點可憐。我輕戳身旁的春太肩膀。春太無聲嘆息，接著將身體往前探到桌上。

「不好意思，這樣講好像很多管閒事，但能不能請芹澤姑姑依您喜歡的方式敘述這件事呢？」

「……依我喜歡的方式是指什麼？」芹澤姑姑回覆。

「想隱瞞的事情就隱瞞不說也沒關係。我可以理解芹澤姑姑的意思，但這對您的家人直子不公平。」

「你是不是誤會不公平這個詞的用法了？」

「那我換個說法。道理上可以理解，但無法釋懷。」

芹澤姑姑眨了幾次眼，望著春太淡淡微笑。

「……這還眞的很多管閒事呢。」

芹澤直盯著不肯退讓的春太。而芹澤姑姑思考一會後抬起頭，考驗我們般說：

「穿越這座森林……就會沿路走回方才的水車……鳥兒嘰嘰尖唳……似乎是遷徙的群鶇……」

聽起來像詩，不過是哪首詩？我跟芹澤轉頭看著可靠的春太。

他面露苦思。加油啊，春太。

「宮澤賢治？」

聽到春太沒什麼自信地這麼說，芹澤姑姑默默催促他說下去。

「……我忘記哪首詩了。」

「收錄在宮澤賢治詩集《春與修羅》中〈穿越這座森林〉中的一節。整首詩我都背得出來，這是那人教我的。我的青春就是在似深似淺的森林中徬徨，而在詩中照亮那座森林的是夜空星光，我們的情況則是螢火蟲的光芒。螢火蟲也可以寫成星光垂落的『星垂る』哦。」

「我從電影學過寫成火光垂落的『火垂る（註）』，不過您的說法我還是第一次聽到。」又學到一個雜學知識的春太一臉開心。

螢火蟲……星光垂落……照亮森林的夜空星光……

這跟芹澤姑姑的初戀有什麼關係呢？

「——不好意思，朝霧同學。」芹澤姑姑客氣地開口。

「有什麼事嗎？」抱臂站著的朝霧學長靜靜回答。

註：「星垂る」與「火垂る」跟「ホタル」的發音都是hotaru，《螢火蟲之墓》的原名即是『火垂るの墓』。

「是否有時間讓我跟直子他們講講我初戀的事呢？」

「只要時間不長，我都可以等。不過，您該不會打算說出一切吧？」

「我會按照他的提議，盡量在短時間內依我的方式敘述一遍。而且有三個人的話，當中或許至少有一個人可以幫忙推測出眞相。」

「……沒問題，請吧。」

芹澤姑姑轉向我們，我感到一股益智競賽即將開始的緊張感。

我跟芹澤將春太夾在中間，自然形成靠攏春太的姿勢。

「說起來有些丟臉，不過我的初戀非常晚，我到已經是個十九歲大學生的時候才首度有喜歡的男性。我和那名男性之間總有一樣東西，也不斷做了一大堆。那是穿越森林所需的事物。」

「……一樣東西？」芹澤問。

「那就是飯糰。」

我跟春太不由得互看一眼。她說的是我們中午吃的那個飯糰嗎？

3

芹澤姑姑啜飲一口茶，尋找詞語般停頓片刻，接著開始訴說：

「……我呢，當時逃家一般來到東京，隨後就在深深的森林中迷路了。我在溫室中長大，除了頂撞父母外沒半點能力。穿越森林所需的陽光指示方向，還是星光指示的小徑，我都找不著。」

接二連三的比喻讓我困惑，好像快在芹澤姑姑的回憶中迷路。我偷看春太的表情，他探出身子，聽得一臉認眞。我也得努力才行。

「……蹲坐在森林裡的我遇到了救星，那是我有生以來第一次得到的森林伙伴。領導者拉比斯托總是在前頭高喊著開路，馴鳥人佩蘭托爲了向森林外頭的人宣揚我們的存在，隨時都想著那些一呼喚就大批聚集來的鳥兒。」

不可思議的光景環繞在腦中。我看著芹澤，她跟我一樣摸不著頭緒。

「一位名叫莫特的伙伴隨身攜帶獵槍。老實講，我當時很害怕，但我還是相信只要仰望天空，閃爍的星光必會將我們導向正確的方向。」

咚——指頭輕敲桌面的聲響打斷了芹澤姑姑敘述回憶。那是春太。

「領導者拉比斯托、馴鳥人佩蘭托、獵槍手莫特……請問爲了穿越森林而聚在一起的伙伴共多少人？」

我知道他是在爲我跟芹澤做簡潔的整理。

「只有八個人。但當鳥兒聚集時，會暴增到數百個。不過那些都是一陣吵嚷過後，馬上就會回去的鳥。」

聚集起來的數百隻鳥在一陣吵嚷過後，馬上就會回去……

聽起來好像謎語。

「我派不上用場，被任命擔任負責三餐的做飯人員，就是一個勁地捏飯糰，說起來就是捏飯糰人員。我得一口氣爲森林的同伴以及聚來的鳥兒煮一大堆米，然後迅速將剛煮好的飯捏成飯糰發給大家。飯比想像中更燙，我的手紅腫得像棒球手套。雖然等米冷掉再捏就沒事了，但這樣會被領導者拉比斯托責備沒誠意。這是沒人想做的工作，因此相當缺乏人手。就算希望鳥兒幫忙，可是我們只想讓聚集的鳥兒看到我們光鮮亮麗的一面，因此沒辦法這麼做……捏滾燙的飯糰非常辛苦，但我只能選擇接下這份職責，因爲我也束手無策。『妳是爲什麼而活？』『至今一直過著安穩的生活，妳不覺得羞恥嗎？』我被領導者拉比斯托、馴鳥人佩蘭托跟獵槍手莫特圍住逼問，但我在溫室裡長大，什麼都答不出來，僅能含著淚水。我不斷被責備、不斷被責備，覺得自己眞是個笨蛋。因爲自己這麼笨，大家把捏飯糰的工作推到我頭上，我也沒任何怨言。不過，除了我以外還有一個人擔任充滿榮譽的捏飯糰人員。那位男性跟我一樣，完全派不上用場。他唯一的優點就是體型高大，但個性怯懦，他稱自己爲凡眞特。凡眞特的故鄉產米，所以他可以從父母那邊收到大量稻米。對森林的伙伴來說，凡眞特的利用價値就是米。」

芹澤姑姑啜了口茶，一臉懷念地瞇起眼睛道：

「……森林伙伴的名字全是凡眞特偷偷取的，他說這是獨特的名字。凡眞特也爲我取了名字，我的名字叫珀拉史黛羅。」

負責捏飯糰的凡眞特。

而芹澤姑姑的名字——珀拉史黛羅……

「我跟凡眞特整天都想著如何有效率地捏好滾燙的飯糰。凡眞特個性膽小，但他是個溫柔的人。他爲我準備了兩個碗，我把剛煮好的飯放進碗裡，再把另一個碗蓋上去靈巧搖晃。抓到一點訣竅，圓滾滾的飯糰就完成了。可是呢，我們的作法被獵槍手莫特發現，結果被他賞了耳光。他說，『你們本來就很沒用，就算只有數十分之一也好，你們須體會大家的辛勞。』獵槍手莫特好像沒看到我紅腫的手。」

我覺得獵槍手眞粗暴。

不知不覺間，我已經被拉進芹澤姑姑徘徊於虛構與現實狹縫的故事。

「我哭的時候，凡眞特常常安慰我。有一天，他用斧頭砍了一根粗大的木頭，在上頭挖出好幾個飯糰的形狀，把剛煮好的飯塞進去，一口氣做出好幾個給我看。我們都覺得這眞是個大發現，開心得抱在一起……可是呢，當得意忘形的我們大量製作飯糰的時候，領導者拉比斯托跟馴鳥人佩蘭托發現了，結果我們又被賞耳光。他們說，『這樣毫不用心』、『給我捏出提振我們士氣的飯糰』。這實在太不講理，我很想痛哭失聲，但凡眞特一直陪在我身邊，我才能跨越難關。」

「……凡眞特就是姑姑的初戀嗎？」

芹澤輕聲問，芹澤姑姑露出窮於回答的表情地垂下眼。接著，她慢慢點頭。

「我至今還是不太清楚爲什麼喜歡上他。凡眞特是我第一個長時間相處的異性。我們一起做飯糰的時候，他教了不懂世事的我很多事。」

「這麼說來，姑姑的行李中很多破破爛爛的書。」

芹澤操著壓抑的聲線再度插嘴。

「我就是因爲凡眞特愛上宮澤賢治的書。託此之福，即便到遙遠他方生活，我依然一閉上眼就隨時回到日本。凡眞特很喜歡照相，常常給我看照片，當中很多螢火蟲的照片。」

「——照相？森林裡允許有相機嗎？」

春太突然問，默默佇立白板旁的朝霧學長發出小小的「嘖」一聲。這表示春太留意到什麼特別之處。但芹澤姑姑淡淡地微笑帶過。

「不允許，所以凡眞特偷偷藏起來，私下告訴我一個人。我們兩人培養出深厚交情，無論是閒話、還是往事到將來的煩惱等等都能向對方坦白……我也得知了凡眞特的故鄉在更北方，那裡有乾淨的水源孕育出稻米，因此螢火蟲群生。他也告訴我國外有種奇特的螢火蟲叫做藍光蟲，牠是種會擬態成夜空的土螢。我自己調查後才知道這其實不是螢火蟲，而是一種蒼蠅，不過我還是非常想看看那種土螢。」

擬態成夜空……我在腦中描摹著幻想般的奇妙風景。

「凡眞特告訴我好幾次，『比起森林伙伴仰望的星光，妳去追逐螢火蟲的光芒比較好。星光伸手也碰觸不到，但螢火蟲的光芒觸手可及。』」

我好像可以領會這段話，因此默默聽得入神。

芹澤姑姑在桌上對我們攤開小巧的雙手。

「捏飯糰眞的很辛苦。我捏出來的都會變成奇形怪狀，而且飯燙得讓我眼裡含淚，因此總是遭到森林伙伴責備。他們說，這種飯糰根本無法提振士氣。爲了不讓我被罵，森林伙伴吃的飯糰都是凡眞特捏的。」

我心中對凡眞特的好感度上升了。他眞是好人。他的長處或許僅有高大身型，但個性怯懦，不過不能因此簡單對人下判斷。

芹澤姑姑重重地深呼吸。

「……捏法不同就變成提振士氣的飯糰，可以做出來的話，我也想做。因此，我偷吃凡眞特捏的飯糰，想知道哪裡不同。但被凡眞特抓到了，原本溫柔的他勃然大怒，我被他甩巴掌，兩頰通紅。」

這場面太慘烈了，我心中對凡眞特的好感急速下降。他終究還是領導者拉比斯托、馴鳥人佩蘭托跟獵槍手莫特的同伴。

芹澤傻眼地說，什麼嘛。

「太過份了。這樣講對姑姑很不好意思，不過凡眞特眞是氣量狹小的男人。」

「女人不會懂的。男人有時揮出去的拳頭更是疼痛。」朝霧學長感同身受地插嘴。

「你給我滾回去！」芹澤指著他大罵。

「妳對學長說這什麼話。這可是我的研究所，該滾回去的是妳！」

「這裡是你的研究所？別笑死人了。這什麼時候決定的？從幾點幾分地球轉了幾圈的時候開始的？請在三十秒內回答——」

這裡展開了宛如小學生吵架的慘烈場面。各位，要不要一起阻止這兩人爭吵呢？春太跟芹澤姑姑正津津有味地喝著茶，給對方看自己杯中的茶柱。最後，我介入朝霧學長跟芹澤之間，互瞪的兩人噴出急促的鼻息。

芹澤姑姑將茶杯放到桌面，準備繼續說。

「……剛剛講到哪裡了？」

「講到凡眞特打芹澤姑姑耳光。」春太幫忙補充。

「對哦。那時候比起疼痛，恐懼更強烈，因此我沒掉淚也沒出聲，記憶也很模糊。當意識清醒時，我看到難以置信的景象：凡眞特哭著用雙手掐住我的脖子。我覺得自己會被殺死，所以從他身邊逃掉了。」

聽完事情的始末，我屏住氣息。凡眞特的行爲足以讓百年深情也瞬間冷卻。

「……無論開始還結束，原因都是飯糰。之後，我得知自己被凡眞特放逐出同伴之列，終究還是在森林中落單了。我獨自徘徊在森林裡。星光遙不可及，但我相信若是螢火蟲的光芒應該就伸手可及，於是一直往前。」

芹澤姑姑抬起頭，視線停在朝霧學長身上。不知不覺，那群初戀品鑑師少女已經集合起來，站在他身邊。我明白他們準備完成了，正等待芹澤姑姑說完這個故事。

「……我忘不了最後吃到的飯糰香氣跟味道。不管是領導者拉比斯托、馴鳥人佩蘭托、獵槍手莫特還是溫柔的凡眞特，大家都離我而去，消失蹤跡。我離開日本，變成這個年紀的大嬸才歸來，不過我還是想知道那時的感情是不是眞正的初戀。或許只有短暫片刻，但我跟凡眞特確實有心意相通的瞬間……偉大的初戀品鑑師，透過剛才的故事，你能品鑑我的初戀嗎？」

辦得到嗎？我屏息抬頭凝視學長。

朝霧學長兩腿併攏，端正姿勢。

那群初戀品鑑師少女也抬頭挺胸，認眞注視芹澤姑姑。接著，他們一起行深深一禮。

「遵命。」

4

領導者拉比斯托。

馴鳥人佩蘭托。

獵槍手莫特。

聚集過來的數百隻鳥。一陣吵嚷過後，馬上就會回去。

還有被任命負責捏飯糰的凡眞特跟珀拉史黛羅。

珀拉史黛羅的初戀是眞的嗎？

眞僞現在即將揭曉……

朝霧學長以優雅的手勢將裝水的杯子放上桌面，而初戀品鑑師少女將野炊飯盒拿到社辦。形狀如蠶豆般凹凸的扁平飯盒令人懷念。一將飯盒裡面的東西裝到壽司桶，剛煮好的米飯香氣就瀰漫四周。她們迅速用飯杓將白飯撥鬆，形成一種彷彿突然開始上家政課課外教學的氣氛。

「這什麼東西？難不成要在這裡重現姑姑故事裡的飯糰嗎？」芹澤睜圓眼。「蠢死了。」

「別這麼說。這次不只呈現氣味，他們還會做成可以吃的飯糰。我四十年沒吃了。」

無視芹澤與姑姑的對話，那群少女正努力與剛煮好的飯搏鬥。她們戴著塑膠手套，一面喊著「好燙」，像救火時傳水桶般將捏好的飯遞給隔壁的女生。

「不用連這種地方都重現呀……」芹澤姑姑說。

「那可不行。喂，妳們給我加把勁。」朝霧學長道出沒血沒淚的話。

總覺得她們眞是堅強。大概因爲不熟練，她們完成的飯糰歪七扭八，看得我心裡發癢。好想幫忙。

春太兩手撐在桌上，興味盎然地伸長脖子。「這是沒餡料也沒海苔的鹽飯糰嗎？剛剛才看過小千便當裡的飯糰，差異感覺特別大。」

「是啊……」

我也伸長脖子，此時芹澤姑姑的身子也往前探。

「好懷念。當初幾乎都是吃鹽飯糰，常常要先做好存貨。」

一位初戀鑑定師少女在剛做好的飯糰上稍微灑鹽。

「一般不是用鹽水捏嗎？」春太疑惑道。

「當時我們沒有餡料也沒有海苔，但鹽有一大堆。味道重一點的話，冷掉也很好吃，所以完成後也會灑上鹽。」芹澤姑姑說。

「我們打算盡可能如實重現芹澤響子夫人記憶中的飯糰，無論米或水。」

聽到朝霧學長這道聲音，我發出「咦」一聲抬頭看他。

「當時用的米是凡眞特老家送來的。凡眞特的故鄉跟老家的地址，芹澤響子夫人已經委託朝霧徵信社調查出來了。當然，嚴格來說，我們無法準備品質、品種都跟四十年前完全相同的米，不過還是根據情報從產地訂購品質相似的品種。當時也可能不是使用新米而是舊米，因此我們請對方分別準備新米跟舊米。若那時用舊米，香味就會差一截。」

聽完這段流暢的說明，我很想叫他馬上從高中休學繼承家業。

「米是用瓦斯煮的嗎？」芹澤姑姑問。

「是用卡式瓦斯爐煮的。要對學校保密哦。」

「好正式。」期待感在芹澤姑姑的聲音中膨脹。

我盯著裝水的杯子。這看起來像普通的水。

「……這也是當時的水嗎？」

「妳要喝喝看嗎？」朝霧學長問。

「——可以嗎？」我抬起頭。

「請。妳可以比較看看現在的自來水跟以前的味道。」

我對春太說聲「拿去」，將杯子塞給他。

「騙人吧？明明聽起來是妳要喝，爲什麼變成我喝？」

「好啦好啦，快喝一口看看。」

春太戰戰兢兢地將水含在口中，喉頭發出「咕嘟」一聲後把杯子放回桌面。

「好像……比現在的水還難喝。」

怎麼回事？我訝異地看朝霧學長。

「透過領導者拉比斯托、馴鳥人佩蘭托、獵槍手莫特跟凡眞特所在區域的自來水公司，可以調查到當時的水質標準與漂白錠使用狀況。」

「漂白錠？」我差點誤會成烤肋排（註）。

「就是殺菌的氯。量會根據各地區的水質調整。此外，氣溫高、菌類易繁殖的夏季會加入比冬季更多的氯。我們這次在自來水中混入一點漂白錠，讓水變難喝。市面有販售檢測氯殘留量的藥。」

「──等一下。」芹澤的聲音鋒利劃入。「不管是準備米還是水，都超過高中生能力範圍了吧？」

「妳現在才發現嗎？早就超過了。」

我跟芹澤驚訝地望向春太。他靠到椅背上。

「朝霧學長跟芹澤姑姑，是不是差不多該跟她們兩個講明白了？無論怎麼想，這次重現飯糰的計畫都不是靠一介高中生力量做得到的。朝霧學長的說明也是，那種說話方式聽起來像在讀報告。」

朝霧學長跟芹澤姑姑又交換一個眼神。芹澤姑姑垂下頭，一臉難以啓齒地開口：

「……直子，我已經付錢給朝霧同學了。」

芹澤眨了好幾次眼後一楞，接著繃緊表情。她怒氣十足地瞪向朝霧學長。

「你不過是個高中生，到底在想什麼？」

「等一下、等一下，妳別誤會。正確來說，夫人是再次委託朝霧徵信社。而且，聽完我說明妳應該就明白，初戀鑑定終究還是實驗階段，所以我開出相當優惠的價格。」

芹澤試圖詢問眞僞的視線轉回姑姑身上。

「……開端是朝霧同學寄來的明信片。我想請朝霧同學重現當時的飯糰。」

「沒錯，一切都是爲了重現當時的初戀。」

「拜託妳，直子，請妳體諒。」

芹澤默默注視兩人良久，接著低頭閉嘴。我稍微能夠理解她的心情。跟自己很親的姑姑懷著這樣的心情，卻什麼都沒跟她商量，這太寂寥了。

不惜做到這種程度也想重現的初戀是什麼呢……

朝霧學長彈個響指，初戀品鑑師少女親手將裝著鹽飯糰的盤子恭恭敬敬地擺到芹澤姑姑面前。

芹澤姑姑湊近鼻子，慢慢地、確認般地聞那股味道好幾次。

「……老實說，朝霧同學的話也有可疑之處，但他達到目的的手段很厲害。雖然是睽

註：此處是文字諧音，漂白錠（karuki）和烤肋排（karubi）的發音很相似。

違四十年的飯糰，但連形狀都完全一樣。更重要的是氣味影響極大，好像連不想回憶的事情都會想起來。」

「那眞是太好了。」

我跟春太也湊近鼻子。這似乎是平淡無奇的鹽飯糰，感覺也不好吃。

「──不只聞味道，也可以實際吃下肚吧？」

「當然。嗅覺跟味覺聯繫緊密。雖然是用剛煮好的飯捏的，但吃的時候都會先放涼，所以我們另有準備。」

一位少女端來包著保鮮膜的盤子，上面放著一排形七扭八的冷鹽飯糰。

「……森林伙伴就是讓姑姑吃這種東西嗎？」

芹澤低聲吐出這句話。

「別這麼說。因爲得不到父母援助，我常因生活費所苦，不得不跟親戚借學費。光給我吃剩菜，我都覺得很感謝。」

芹澤姑姑的雙手珍而重之地捧著冷掉的鹽飯糰，她啃咬似地吃了一口。

我們也分到飯糰。即便在口中咀嚼多次，也僅嘗到重重的鹹味。

「這個飯糰只有鹹味，好難吃。姑姑眞可憐。」

芹澤吃一口就將冷掉的鹽飯糰放回盤子。我猶豫著該不該放回去，於是偷偷瞄一眼芹澤姑姑。我這才發現芹澤姑姑一直沒說話。她雙手拿著鹽飯糰，身體動也不動。時間彷彿僅止在她周圍停止。她全身僵硬。

「怎麼了?」芹澤擔心地伸手碰觸姑姑的肩膀。

「…………」芹澤姑姑的喉嚨深處似乎擠出什麼話。

「什麼?」

「……跟那時的飯糰不一樣。」

芹澤姑姑鬆手，鹽飯糰掉到桌上，她帶著一副難以忍耐的神態起身離座。「味道不一樣……這樣啊，原來是這麼回事。謝謝你們，初戀品鑑師。」她獨自劇烈嗚咽起來，頻頻喘著氣地跑出初戀研究社的社辦。

「——姑姑!」

芹澤瞪一眼朝霧學長，連忙追在姑姑身後。

怎麼回事?發展太突然，傻住的我東張西望。那群初戀品鑑師少女也一臉驚訝，像印地安圖騰般探頭到走廊上。唯有朝霧學長一臉冷靜，撿起芹澤姑姑弄掉的鹽飯糰。

春太一粒飯也不剩地吃光冷掉的鹽飯糰，開口道:

「芹澤姑姑只吃一口。光憑這一口，她就斷言『不一樣』。除此之外還有很多鹽飯糰，她卻一口都沒吃就做出結論。」

朝霧學長目光一動，春太舔著大拇指繼續說:

「……所以朝霧學長一次也沒說明過的要素就是關鍵。」

「確實如此。這原本就是我為了得到芹澤姑姑的信任，一開始就先指出的問題。」

一次也沒說明過的要素……是什麼?我看著冷掉的鹽飯糰思考。米、水、炊煮方式、捏的方式——嗯？等一下，是不是忘了什麼重要的事情？

那是……難道說……

「是鹽！」我跳起來似地離開椅子，看向朝霧學長。

「正確答案。不好意思，因爲朝霧徵信社正式接受芹澤姑姑的委託，我不能說太多。但給你們一個提示：你們可以調查看看到一九九七年爲止的鹽的祕密，問爸媽就會明白了。」

等等，現在我爸媽都不在家……

「小千，到此爲止。我們是局外人。」春太也起身離開。社辦時鐘顯示現在是下午三點四十分，我們已經遲到十分鐘了。

「上条，你眞懂事。」朝霧學長一邊收拾桌面地說。

「抱歉打擾了。我們接下來還有練習，所以先告辭了。」

春太說完就點頭致意準備離開，但他被我緊揪住制服拉回來。

「看到芹澤跟她姑姑那個模樣，你還打算默默回去？你是這種薄情漢嗎？」

春太皺著臉，小聲回答我：「我覺得這次不要太深入比較好。包括芹澤姑姑的往事在內，我有非常強的不祥預感。」

「爲什麼？」

「小千，求求妳認眞練習吧。」

「我無論何時都使盡全力。」

「妳該不會小看明年的普門館吧？」

「我沒有小看，我也有認眞思考！」

「……哦，你們的目標是普門館啊。」

我跟春太同時轉頭。朝霧學長興味濃厚地摸著下巴。

「朝霧學長知道普門館嗎？」我問。

「就是管樂的甲子園吧？這比棒球社的世界更難晉級，東海五縣這幾年應該只有藤咲高中跟愛知的城南橘女校是晉級常客。」

「學長知道得眞清楚。」春太說。

「我可是這所學校中被日野原另眼相待的人。原來如此……你們打算把芹澤當成祕密武器吧。這樣好嗎？她有重聽吧？」

我跟春太都睜大眼睛。

「雖然小巧，不過她耳裡有助聽器。我跟她姑姑的對話，她大概只聽得到兩、三成吧？她好幾次應聲都牛頭不對馬嘴，似乎因爲顧慮你們，她會猶豫要不要問清楚。」

我都沒注意到這件事。我緊抿住唇，再度扯著春太的制服把他拉過來。你要放著芹澤跟她姑姑不管嗎？我不想這樣。我無言地向他傾訴這份心情。春太滿臉遲疑。

朝霧學長呼出一口氣。

「……哎，這個時期大家都有很多事要忙。不然這樣好了，反正你們會遇到芹澤，假如她想跟我抱怨，能不能幫我轉達請她到這間社辦或徵信社來？若是面對身爲血親的她，我至少可以告訴她姑姑跑出去的理由。」

「那是可以讓她信服的理由嗎？」春太問。

「比起跟你們說，跟她更能好好說明。你們快回去練習，我不想再惹片桐怨恨了。」

我跟春太數度向朝霧學長道謝後，離開初戀研究社的社辦。芹澤要是爲此苦惱，應該會直接聯絡朝霧學長，或者不管是不是練習時間就直接來找我們吧。

……當天晚上，我就知道自己的想法實在太天眞了。

5

聽到玄關的門鈴響起，獨自看家的我調低音樂音量，拿下耳機。我看向時鐘，時間是晚上十一點半。我想像不出誰在這種深夜來訪。門鈴執拗地一直響，沒有停止。有人正連按玄關門鈴按鈕。我走出臥室，靜靜走下樓梯。我一手拿著電話子機，做好隨時按得出一一〇的準備後，提心吊膽地望出玄關的窺視孔。

眼前是芹澤大特寫的臉，我差點嚇得往後彈。

我連忙開門，穿著外出裝束的芹澤站在面前。她抱著波士頓包的身影讓我聯想到離家出走的少女。她背後還有兩個人。那是春太跟朝霧學長。

春太穿著制服，肩膀背著法國號盒。滿臉鬧脾氣的兩人像罪犯一樣腰間繫著腰繩，而芹澤緊緊握住繩子前端。那是搬家用的尼龍繩。我一眼就看出他們被強行帶到這裡。

我穿著睡衣，忍不住躲在玄關陰影處，只探出一張臉。

「……這怎麼回事？」

「我聽說岩手跟穗村父親出差的工作地點很近。」

芹澤粗魯地說，情報來源恐怕是春太。我心生警戒。

「我爸爸在仙台工作。盛岡的話，我找爸爸玩的時候安排過兩天一夜的旅行。」

「是嗎？太好了……我們決定坐明天的首班車到岩手的花卷，那裡離盛岡不遠吧？」

我們？決定？我輪流看著春太跟朝霧學長。

「春太也要去嗎？明天練習怎麼辦？從靜岡站過去，要花四小時以上哦？單程車費將近兩萬圓哦？你有那種錢嗎？」

芹澤打開波士頓包的拉鍊，取出一個信封。我接過信封，裡頭裝著四張萬圓大鈔。

「這是什麼？」我眨著眼問。

「穗村的旅費。」

我揉了揉眉間又閉上眼睛。雖然花費一段時間試著整理現況，但完全一頭霧水。總之我還是先踮起腳尖，問芹澤後面的朝霧學長：「這是什麼玩笑嗎？」

「我也想把這當成玩笑。」朝霧學長的手放上腰繩。

芹澤像是惡質的登門推銷人員，伸腳卡進玄關縫隙。

「我們今晚要在這裡過夜，明天早上搭計程車去車站，一天往返。」

「妳又在開玩笑了。」我嘿嘿笑。

芹澤緩緩搖頭，揪住我的睡衣袖子。

「拜託，我只有上条跟穗村可以依靠了。」

「那我在這做什麼！」朝霧學長的聲音在黑夜中清亮響起。

我溫柔地拉開芹澤的手問：

「……抱歉，讓我整理一下。究竟發生什麼事？」

「我姑姑買了明天前往岩手花卷站的車票。」

「嗯……」

「凡眞特就在花卷。」

我花了幾秒鐘才理解她的意思。「哦……」森林伙伴之一；芹澤姑姑的初戀；打了芹澤姑姑後將她趕出同伴之列的人；擁有奇妙名字的捏飯糰人員。

「姑姑見到凡眞特後，不知道會做出什麼事。」

我眨了幾次眼，芹澤帶著求救的表情說：

「我們要搶先一步，大家一起阻止她。」

這句話不太對勁。

「等等等等等等等等等等等等等等等。」

動搖的我拚命安撫比我更動搖、甚至淚眼汪汪的芹澤。我要加油，此時就是要站穩腳步堅持住的時刻。

「就、就算突然聽妳這麼說，我也搞不懂狀況。不要說聽起來這麼恐怖的話嘛。」

「小千，問題在於鹽。」春太的嘟噥傳入耳中。

「鹽……」

「妳之後有做過什麼調查嗎？」

「……等一下。」

我轉身快步跑上樓梯，回房間換好衣服，接著急急忙忙下樓前往廚房。我從架上拿了鹽袋又回到玄關。

「我問過隔壁阿姨，鹽是這個嗎？」

我氣喘吁吁地拿一個袋子給大家看。

上面印著食鹽兩字，這種鹽在超市裡賣得最便宜。

「對對。」春太說。

「不過這就是普通的鹽。」我上下搖動鹽袋。

「那妳知道一九九七年以前，鹽只有這一個種類嗎？」

我停止搖動鹽袋地呆愣在地。朝霧學長接著春太的話：

「一九九七年專賣制廢止為止，鹽都是由日本專賣公社壟斷，所以可以斷定當時流通市場、一般人使用的食鹽只有一個種類。在這次的飯糰重現計畫中，就是用這種鹽。」

這聽起來像說明過無數次，倍感疲乏的口吻。

我好像明白芹澤姑姑說的「耐人尋味」是什麼了。

「等一下，這不會像自來水一樣味道出現變化嗎？」

「這是以排除礦物跟雜味等物質製作法所製成的鹽，時代改變，味道也不會變。比起鹹，更接近重鹹對吧？」

究竟怎麼回事？

……跟那時候的飯糰不一樣。

味道不一樣……

爲什麼芹澤姑姑會說出這種話？當時只有一種鹽，但芹澤姑姑說味道不一樣。那過去芹澤姑姑他們吃到什麼鹽？不是鹽的鹽？

「……芹澤的姑姑到底被騙著吃下什麼？」

「沒錯，小千，最後就是這個問題。」春太偷瞄芹澤。

「姑姑可能被騙著吃下奇怪的藥，也可能是亂七八糟的玩意，反正不是尋常的東西，否則姑姑不會露出那麼可怕的表情，陷入深深苦惱！」

芹澤宛如悲鳴，我望著朝霧學長。他盤著胳膊，對我聳聳肩。

關鍵的你怎麼可以擺出那種態度？我滿心混亂。

在深邃森林中徘徊的伙伴……領導者拉比斯托、馴鳥人佩蘭托、獵槍手莫特，還有凡眞特……一呼喚就會有好幾百隻聚集過來的鳥兒，一陣吵嚷過後，馬上就會回去的鳥兒……不是鹽的鹽——

可怕的想像瞬間布滿腦海。

我眞的搞不清楚哪裡是眞實，哪裡是虛構了。

被芹澤姑姑奇妙寓言所影響的芹澤也是如此……

我定睛一看，芹澤的眼皮泛著紅潮。

「我無法原諒一直欺騙姑姑的男人。管他叫凡眞特還叫什麼，我不會讓姑姑一個人見那種玩弄他人的男人。我要搶先趕到岩手的花卷，拜託你們，我一個人會害怕，請你們跟我一起去。」

我跟芹澤一樣害怕發生萬一，但我還沒下定決心，不過——

「我不要姑姑離開我，我再也不要孤伶伶一個人了！」

聽到她悲切的聲音，我總算明白芹澤的眞心了。不過一天往返岩手……我有點頭暈眼花。我試著靠深呼吸讓自己冷靜下來時，耳中傳來朝霧學長的聲音。

「她都說想去了，你們就陪她一起去嘛。反正費用是芹澤出的。」

「朝霧學長無所謂嗎？」

「我嗎？我做好覺悟了。都到這個地步，我要親眼看著自己的研究成果到最後。」

「……那我跟春太去的理由是什麼？」

「你們不是朋友嗎？朋友有難，不是該伸出援手嗎？」

我聽到吸鼻子的聲音。芹澤抓著我的衣服不肯放開。我抬頭看春太。

「……反正騎虎難下了。只要到花卷，所有謎團都會解開。」

春太說聲「打擾了」便走進玄關脫下鞋子。

因爲腰繩的牽引，芹澤跟朝霧學長都被拉進來。

我揉揉眼睛，仰望著河堤般綿延而去的白雲。岩手晴朗的天空好刺眼。

轉搭兩班新幹線後搭地方線抵達花卷站，如今是上午十一點過後。單程將近五小時的旅程理所當然讓人腰酸背痛，不過在中午前像現在這樣站上這個車站，我不禁陷入「想不到日本其實還頗狹窄？」的錯覺。

不管怎麼說，今天我們別想趕上管樂社的練習了，但還是得垂死掙扎，我於是效法春太穿著制服提著長笛盒過來。

「這個車站的暱稱是切拉克（ielarko）……這什麼語言？」我看著掛在車站內的布告牌，上頭詳細介紹花卷一帶。

「好像是代表彩虹的世界語（Esperanto）。」朝霧學長念出上頭的說明文。

「我記得世界語是一種沒有國家的語言？宮澤賢治好像相當著迷，這條路線上各車站都據此取了暱稱。」春太翻著在盛岡站買下的最便宜導覽。

我也低頭看導覽。如同春太所說，世界語被創造出來當作世界各國的共通語言。宮澤賢治在故事中將故鄉地名寫成世界語風格，例如Ihatov是岩手（Iwate），Morioh是盛岡（Morioka），仙台（Sendai）是Sendado。好像也有發源日本的名詞，譬如漫畫（manga）是mangao，摺紙（origami）則是origamio。

「難道說……我是朝霧歐（Asagirio）？」朝霧學長說。

「那麼……我是春太歐（Harutao）？」春太回應。

「我是千夏歐（Chikao）……哇，只要加上『歐』就是世界語！」

我們三人哈哈大笑著擊掌。

彷彿被排除在外的芹澤望著我們。

「怎麼了，芹澤歐（Serizawao）？真不配合。」我環住她的肩膀。

「別用那種說法。」芹澤歐動動身體甩開我的手臂，她拿起手機試著聯絡姑姑。

朝霧歐拿走她的手機打開螢幕，並且按下通話記錄的按鈕。上頭留著連續數十次打給「響子姑姑」的撥號紀錄。最新一則是五分鐘前，她到剛才都還嘗試聯絡姑姑，但全沒接通。芹澤歐緊抿住唇瓣。

正午前的車站內，行走著零零星星穿著立領制服的高中生，邊走邊擦汗的西裝上班族以及高齡觀光客等等。

「要在車站裡等嗎？還是到外面的圓環等？」

我舉手發問。站前廣場上櫛比鱗次的紀念碑群讓我在意得不得了。

我的心態完全就是觀光客。

「春太歐人呢？」朝霧歐東張西望。

「那裡。」

在我所指的方向，出現春太歐與小賣部店員姊姊談笑的身影。看到這幅景象，芹澤歐的喉嚨深處發出一聲低吟。

春太歐招了招手，於是大家都跑過去。

「聽說車站前的書店有賣世界語辭典，走之前買一本吧。」

芹澤歐掐著春太歐脖子的期間，小賣部店員姊姊給我們看她自己的世界語辭典。雖然小小一本，但與英日辭典同等紮實的內容讓我吃了一驚。當中按照字母順序收錄六千個以上的單字，我深深明白這是正式的語言。

「即便是喜歡宮澤賢治小說的人，也幾乎沒人知道他創造的詞彙其實受到世界語影響。」

爲我們說明的店員姊姊是來打工的當地專科學生。

「這看起來對準備入學考沒任何用處。」朝霧歐說出這種沒夢想的話。

「唉呀，可以跟全世界會說世界語的美女打好交情哦。」

「那買吧，順便吃點東西墊肚子。」

朝霧歐走向站前圓環，我們連忙追在他身後。

我們決定在花卷站正面的圓環等待芹澤姑姑抵達。車站右手邊會通往市中心，那裡依序排列著一整排各路線首班車的公車站。

太陽很強，我拿出小毛巾擦額頭的汗水，喝了好幾次保特瓶水地痴等著。

因爲芹澤請託，我跟春太在圓環一角練習柴可夫斯基的〈第六號交響曲　悲愴　第一樂章〉。這是長笛與法國號的二重奏。我們兩人都穿著制服，一眼就看得出是管樂社社員，芹澤姑姑說不定會先注意到我們。來過一次的巡警放過我們一馬。

芹澤在驗票口旁邊瞪著時刻表，一面打電話。

朝霧學長則在一小段距離外看守。

好幾個行人在我跟春太面前停下腳步。芹澤等待下一班列車到達時，也會傾聽我們的演奏。吹奏長笛的同時，我發覺自己的失誤減少了。因爲跟春太合奏，失誤才會減少嗎？我覺得不是這樣。那麼是爲什麼？我環顧四周。雖然不多，但有陌生聽眾在傾聽我們的演奏。我一邊注意著他們一邊演奏。這下我明白在以往的演奏中，自己都不怎麼留意視線與耳朵的運用方式，我的缺點就是只用手指演奏，完全不顧周遭。我不禁望向讓我注意到這點的芹澤，而她露出微笑。

我剛把長笛拿出盒子的時候很緊張，不過在藍天白雲下吹奏漸漸讓我滿心暢快。配合我的長笛旋律，春太的法國號漸漸昂揚。

練習約一個小時後，我注意到稀疏的聽眾之間，出現一張熟悉的面孔望著這裡。

「──姑姑！」

芹澤隨即大喊，跑到姑姑身邊抓住她的手臂。

「車站裡也隱約聽到合奏……妳怎麼在這裡？」芹澤姑姑的目光離開芹澤，投向停止演奏的我們。「連妳的朋友跟朝霧同學都來了……」

芹澤抓住姑姑的雙臂，讓她與自己面對面。

「姑姑，妳來這裡做什麼？」

聽到她嚴厲的語氣，芹澤姑姑不發一語地注視姪女。隔一段思考的空檔，她輕聲說：

「……我來見凡眞特。」

「我們一起回去。見到那種隱瞞眞實姓名的男人也不會有任何好處。拜託妳好好正視現實，正視現在。」

芹澤小聲訴說。她不惜大老遠跑到花卷，就只是想直接對姑姑說這句話罷了。芹澤姑姑依舊凝視著著姪女，向朝霧學長發問：

「……朝霧同學，你什麼都沒告訴直子嗎？」

「我說了。我向她說明過這次初戀鑑定的結果，她如何解讀是另一回事。」

「……那我委託朝霧徵信社的正式內容呢？」

「這個我沒說。」

「爲什麼？」

「委託人的委託內容與隱私須嚴格保密。」

「朝霧同學還是高中生，不是員工吧？」

「對於還僅是十幾歲高中生的芹澤直子小姐來說，有些事透過自己的眼睛、耳朵跟腳來親身體會會比較好。」

芹澤姑姑發出輕笑。

「你背後眞的沒有一條拉鍊嗎？」

「我裡頭可沒裝著滄桑的大叔。」

我跟春太連忙將樂器收到盒裡。

我察覺有人靜靜走近，抬頭一看芹澤姑姑就站在那裡。

「……眞可憐，你們被直子拖下水了。」

「基本上我是爲了從凡眞特的魔掌中保護芹澤姑姑。」春太扣緊盒子的皮帶釦。

「基本上我也算是戰力之一。」我也拉上袋子的拉鍊。

芹澤姑姑的表情變得柔和。「……凡眞特是個強敵，你們一定贏不了。」

「我們有四個人。」春太跟我帶著挑戰的態度齊聲道。

「就算這樣還是沒辦法。」

春太露出嚴肅神情凝視芹澤姑姑。沈默片刻後，他問：

「……果然已經見不到凡眞特了吧？」

「對，他不在人世了。」

我跟芹澤都驚訝地望向她。低垂著頭的芹澤姑姑嘴唇微張。

「森林伙伴當中，倖存至今的只有我一個人……」

我有預感，讓我分不清現實還是虛構的深邃森林眞面目將會逐漸明朗。

將買好的花珍重地抱在胸前，芹澤姑姑叫了兩台計程車。我們分別坐上兩台車，前往花卷市郊外的公營墓園。窗外風景逐漸變化，建築轉而散布各處，遼闊的天空中飄著無數雲朵，四周幾乎被充滿鮮嫩綠意的水田塡滿。這裡跟我們的住處不同，空氣澄淨清澈，有種彷彿稻米只靠水跟陽光就能生長的清冽氣息。

操著標準語的司機看著後照鏡，跟我們聊起天：

「……能看到螢火蟲似乎已經是幾十年前的事了。這一帶稱爲谷地，是呈谷狀的濕地地帶，少有洪水災害，所以很適合農業。」

的確，到處都是整片水田。根據司機所說，這裡是日本首屈一指的產米地。我也知道有種名叫一見鍾情的品牌米，它擁有與很潮的名稱毫不相稱的漫長歷史。

兩台計程車停在鋪滿小石子的停車場。

芹澤姑姑請計程車在此稍等，便爬上狹窄石階，上頭到處都是從縫隙中長出來的雜草。我們也跟在後頭。

爬上石階後，前方有許多成排的小小墓碑。芹澤姑姑一個一個確認墓碑上的名字，不久，她在一個髒亂的墓前停下腳步。那座墓看起來已經好幾年沒人來訪。芹澤姑姑將帶來的包包放在地面，空著手拔雜草，我們跟著幫忙。芹澤姑姑的包包裝著刷子、牙刷、抹布還有超商的塑膠袋。

朝霧學長用入口旁的提桶裝水走近，我跟芹澤姑姑一起用刷子刷墓碑。接著，芹澤姑姑拿著自己那隻看起來很昂貴的鋼筆，試圖清除黏在墓碑文字上的苔癬。

「……這是凡眞特的墓嗎？」

芹澤總算說出口時，芹澤姑姑神色落寞地垂下頭。

「是呀。我回到日本時本來希望跟他重逢，但我得知凡眞特已經罹癌過世了。」

芹澤姑姑流著汗，淡淡訴說起來：

「……一開始只是普通的初戀調查。我想知道凡眞特現在過得怎樣，於是委託朝霧徵信社。最後我得知凡眞特已經在三十年前因癌症過世，聽說跟我一樣維持單身，就這麼結束一生。調查實在結束得太過簡單，所以不知爲何，我也想知道領導者拉比斯托、馴鳥人佩蘭托跟獵槍手莫特的現況。我不知道爲什麼會湧現這種想法。但我知道他們的本名跟就讀的大學，因此查起來不會花太多時間。」

春太正用抹布仔細擦拭墓碑，他輕聲接話：

「芹澤姑姑委託朝霧徵信社的正式調查，是要知道所有森林伙伴的消息吧？」

「……對，我調查了不知道會比較好的事，就像打開潘朵拉的盒子。無論是領導者拉比斯托、馴鳥人佩蘭托還是獵槍手莫特，全都在二十到三十年前罹患跟凡眞特相同的癌症過世。」

大家都死於相同的癌症？怎麼回事？我擦掉臉頰上的汗水，聽得入神。

「所有森林伙伴都跟凡眞特因同種癌症過世的機率到底多高呢？至少我明白機率相當低。森林伙伴身上發生了什麼？爲什麼他們非得走向這麼不合理的命運？我很想知道爲什麼。即便跟森林伙伴的遺族取得聯絡，也還是不知道原因，僅僅知道他們因癌症結束一生的事實……假如森林伙伴的命運是種必然，那原因到底是什麼？於是我試著倒推時光。」

「鹽飯糰。」朝霧學長用力擰緊抹布。

「……對，我只想得到鹽飯糰。負責捏飯糰的我，只能聯想到這個。沒用到只能打雜的我，分派到的工作只有捏著幾乎燙傷人的飯糰。」

「您認為癌症的原因在於飯糰嗎？」春太抬起頭。

「若是如此，就等於一直吃著相同飯糰的我，也會跟他們同樣罹癌死去。我害怕得夜不成眠。不知如何是好的時候，我收到朝霧同學寄來的明信片，初戀研究所的初戀品鑑師能為我忠實重現當時的初戀……旁人看來或許是愚蠢的提案，但我狗急跳牆了。朝霧同學以當時的鹽飯糰只用一種食鹽為例，告訴我可以重現那個情況……而我還記得自己吃過的鹽飯糰味道。」

我早已停下洗花瓶，如今總算能理解芹澤姑姑這一連串行動。原來芹澤姑姑想用朝霧學長為她重現的鹽飯糰，跟記憶中鹽飯糰的味道做比較。

「開端是初戀調查。不過，我想知道的事從中途就大大改變了。」

芹澤姑姑露出注視著遠方──注視著未來的眼神，繼續說下去：

「我還能跟直子在一起多久？我迫切想知道這件事。」

芹澤受到衝擊似地坐倒在地。她從喉嚨深處發出顫抖的聲音。

「……姑姑，妳那時說味道不一樣，是什麼意思？」

我也目不轉睛地注視芹澤姑姑。重現的鹽飯糰，以及那句「味道不一樣」。兩者間的差異意味著什麼？這表示芹澤姑姑一直被騙著吃下摻毒的鹽飯糰。那這不就……

另一方面，春太跟朝霧學長冷靜地望著芹澤姑姑。

「芹澤姑姑一開始就覺得鹽有問題嗎？」春太問。

「假如要避免傷害那好幾百隻鳥，只傷害森林伙伴的話，就只能用鹽散播了。」芹澤姑姑平靜淡然地回答。

「帶著鹹味的毒……我完全不知道有什麼味道無限接近鹽的毒。」

「我調查過了。在這個世界上，有一種大量取得也不會遭人懷疑的鹽味毒。」

「……那是什麼？」

「工業鹽。若摻雜亞硝酸鹽，就算只有微量也會累積在胃裡，轉變成強力的致癌物。如果是在一九六九年，到鎮裡的小工廠想拿多少就有多少。」

「……芹澤姑姑一直吃加了工業鹽的鹽飯糰嗎？」

「不，只有我吃的不同，這點我透過朝霧同學的實驗明白了。」

聽到這句話，芹澤眼眸深處的光因安心而一陣搖曳。

「……那芹澤姑姑記得的味道是哪種鹽飯糰呢？」

「我只吃一口，就被凡眞特打的鹽飯糰。凡眞特捏給森林伙伴吃的鹽飯糰……」

一聲長到彷彿吐光體內所有空氣的嘆息響起。那是朝霧學長。

「果然就是提振士氣的鹽飯糰……諷刺的是，士氣跟意味著『死亡時刻』的『死期』有諧音。」

春太應了一聲，他用沉鬱的聲線說：

「也就是說，致森林伙伴死亡的就是凡眞特。」

在一九六九年的東京年輕人之間，究竟發生過什麼事？我想問這個問題，但芹澤姑姑嚴肅的表情散發出讓我猶豫著該不該問的冷峻氣氛。難道有什麼她絕不想告訴姪女的過往，有什麼想對我們這個世代隱瞞到底的事件嗎？

「凡眞特爲什麼選擇跟森林伙伴一起自我毀滅的道路？」朝霧學長開口。

「……現在只有凡眞特才知道了。」芹澤姑姑回答得很無力，她垂下肩膀。

「我不太清楚當時的事，不過根據芹澤姑姑的敘述，森林伙伴從事的行動已經有了幾個特徵。」春太顧慮地說。

「咦？」芹澤姑姑轉頭。

「聚集過來的數百隻鳥。」

「……那或許是個影響力相當大的集團。」

「出現了獵槍手。」

「……是呀，我們或許一直在進行激進的活動，說不定深深傷害了他人……他們什麼都沒告訴我，我也不知道凡眞特對森林伙伴懷著什麼感情。我最後就在一無所知的情況下，被凡眞特親自趕出森林……凡眞特到最後的最後，都還是把祕密帶到如此寂寥的墳中……」

「在已經過四十年的現在，您還是想知道眞相嗎？」

春太靜靜詢問，芹澤姑姑抬起頭。春太手上拿著他在花卷站書店買的世界語辭典。

他迅速翻頁，手指夾在折有記號之處。

「只要拿起世界語辭典，謎團就會全數解開。偷偷幫森林伙伴取名字的是凡眞特。當時凡眞特怎麼看待這些森林伙伴——這個左翼鬥士團體，只要讀辭典就曉得了。」

左翼鬥士。我聽不懂的詞出現了。

「……什麼意思？」芹澤姑姑一陣動搖。

「凡眞特是伙伴又不是伙伴，他擬態了。領導者拉比斯托、馴鳥人佩蘭托跟獵槍手莫特，凡眞特以世界語暗喻他們的實際身份跟自己的眞面目。他用了這個沒人懂的語言，用了這個無法輕易查到的語言，更用了這個打算把祕密帶進墳墓的語言——」

芹澤姑姑注視著他的眼神浮現不安。我忍不住問春太：

「咦？怎麼回事？拉比斯托是什麼意思？」

「rabisto，強盜、劫匪。」

「佩蘭托呢？」

「peranto，中間人、仲介。」

「……莫特呢？」

「有個詞是莫特金多，應該是這個。mortiginto，殺人兇手。」

我眼見著芹澤姑姑開始顫抖，臉色逐漸發白。

「告訴我，凡眞特究竟是什麼意思？」

「……ven anto，復仇者。」

芹澤姑姑閉上眼睛，她如按捺住猛然湧生的所有感情般深呼吸。但她的肩頭依舊上下起伏，一行淚水流過臉頰，眼淚便接連湧出，無可遏止。

「那個人……爲什麼？我們從事的運動到底是……」

芹澤茫然注視著姑姑。令人窒息的沈默持續良久後，她問：

「凡眞特爲什麼掐姑姑的脖子？」

我想起芹澤姑姑的初戀故事。溫柔的凡眞特……我無法理解整段話的全部意涵，不過我想相信兩人的初戀。朝霧學長開口回答前，我注意到有一個世界語名詞還沒翻譯，因此轉頭。

「春太，你說一下芹澤姑姑的名字——珀拉史黛羅是什麼意思。」

「pura stelo，未被玷污的星星。」

「凡眞特是不是想讓芹澤姑姑吐出快吞下的飯糰？所以芹澤姑姑現在才站在這裡。」

闔上辭典，春太接在我後說：

「凡眞特一直保護著珀拉史黛羅。喜歡上的女孩變得像森林伙伴一樣骯髒之前，他將她導向放逐之路。之後她飄洋過海到澳洲，找到自己雙手可以觸及的光芒。這就是森林寓言——芹澤姑姑初戀故事的結局。」

芹澤姑姑潰堤一般地在墳前低聲啜泣。芹澤蹲下來，輕輕搭住姑姑的背。

她用凌厲的視線仰望朝霧學長，壓抑地問：

「我姑姑的初戀……是眞的吧？」

「是附有鑑定書的眞貨。」

聽到朝霧學長回答，芹澤的視線回到姑姑背上。接著，她細聲低喃一句似乎不是對特定對象的話：「謝謝，我也覺得來到這裡眞是太好了。」

即使引水灌溉的人　躡足走過森林邊
即使星子屢屢流過南方天空
也不會有任何危險
應可靜靜安眠

這是芹澤姑姑在墓前合掌並在最後背誦的詩。妳爲什麼而活？至今一直過著安穩的生活，妳不覺得羞恥嗎？這種難以答覆的提問在那個時代四處蔓延（註）。這是年輕人不知道何謂正確，也不知能孕育出什麼意義，一旦展開行動就無法停止的時代。在那之中，有人走上錯誤的道路……但被凡眞特保護的芹澤姑姑到最後都沒染上髒污，得以實現夢想。

四十年後才揭露的眞相，與揭開芹澤姑姑那份誤會後的眞實，讓我感到救贖。

註：六〇年代在反越戰及日美安保條約下，日本左派勢力興起，學運風起雲湧，手段漸趨激進，包括全共鬥的東大安田講堂事件。七〇年代「赤軍派」出現，為極左派武裝組織，靈魂人物是重信房子。主張推翻政府，掀起革命。其中又分「聯合赤軍」和「日本赤軍」。前者著名事件為淺間山莊事件，後者影響大，三名年輕成員——奥平剛士、安田安之和岡本公三在一九七二年於以色列機場發動攻擊，震驚世界。中心成員後來陸續被捕，重信房子二〇〇一年在獄中正式宣告日本赤軍解散。

回程的新幹線緩緩開動，我托腮坐在窗邊位置。

（你們眞的要當天往返？交通費跟住宿費都可以幫你們出哦。）

我的腦中浮現留在花卷的芹澤姑姑跟芹澤身影，兩人說要在當地住一晚。由於不能連兩天都請假不練習，所以我跟春太鄭重謝絕，朝霧學長則不甘不願地跟我們一起走。

那兩人現在已在對面座位上肩並肩地熟睡。

他們昨天起就被折騰得筋疲力盡，眞想跟他們說一聲辛苦了。

回到現實的我從包包裡拿出樂譜。雖然在車站圓環練習過，但能專注的時間很短暫，而且感覺光是今天一天，我就會落後別人許多。大會預賽日將近，現在大家一定都拚命練習。明天一早就去學校努力吧。

我在腦中想像自選曲的演奏情況，目光掃過樂譜音符。途中長笛分部有好幾次從想像中溜掉，而且也有搞不懂的記號。明明在車站圓環就感覺快抓到什麼訣竅了……

芹澤好不容易讓我注意到問題，我這樣眞的沒問題嗎？

難道技術爛的人再怎麼努力都沒用嗎？

再這樣下去，我眞的不會扯大家後腿嗎？

成島跟馬倫的臉浮現腦中，我獨自吸著鼻涕，擦乾眼角。

「眞不像妳的風格。」

樂譜突然從後方抽走，我轉過頭。

「不要誤會。我是因爲想起跟妳的約定，無奈之下只好跟你們一起回去。看到妳就讓人擔心得不得了。」

芹澤氣喘吁吁站在那裡。

她毫不客氣地在我身旁空位坐下，而我用盡全力地緊緊抱住她。

NIL 06／初戀品鑑師

原著書名／初恋ソムリエ
原出版者／角川書店
作　者／初野晴
翻　譯／陳姿瑄
封面、人物插畫／Rum
內頁插畫／NIN
編輯總監／劉麗真
責任編輯／詹凱婷
總 經 理／陳逸瑛
榮譽社長／詹宏志
發 行 人／涂玉雲
出 版 社／獨步文化
城邦文化事業股份有限公司
104台北市中山區民生東路二段141號5樓
電話：(02) 2500-7696　傳真：(02) 2500-1967
發　行／英屬蓋曼群島商家庭傳媒股份有限公司
城邦分公司
104 台北市中山區民生東路二段141號2樓
網址／www.cite.com.tw
讀者服務專線／(02) 2500-7718；2500-7719
服務時間／週一至週五：09：30～12：00　13：30～17：00
24小時傳真服務／(02) 2500-1900；2500-1991
讀者服務信箱E-mail／service@readingclub.com.tw
劃撥帳號／19863813
戶名／書虫股份有限公司
香港發行所／城邦（香港）出版集團有限公司
香港灣仔駱克道193號號1樓東超商業中心
電話／(852) 2508-6231　傳真／(852) 2578-9337
E-mail／hkcite@biznetvigator.com
馬新發行所／城邦（馬新）出版集團
Cite (M) Sdn Bhd
41, Jalan Radin Anum, Bandar Baru Sri Petaling,
57000 Kuala Lumpur, Malaysia.
Tel: (603) 90578822
Fax:(603) 90576622
email:cite@cite.com.my
封面設計／犬良設計
印　刷／中原造像股份有限公司
排　版／游淑萍
●2016（民105）1月初版
售價280元
《HATSUKOI SOMMELIER》

Edited by KASOKAWA SHOTEN
First published in Japan in 2011 by KADOKAWA CORPORATION, Tokyo
Chinese translation rights arranged with KADOKAWA CORPORATION, Tokyo,
Through TOHAN CORPORATION, Tokyo.
 ISBN 978-986-5651-49-7

國家圖書館出版品預行編目資料

初戀品鑑師／初野晴著；陳姿瑄譯．–初版．
– 台北市：獨步文化，城邦文化出版：家
庭傳媒城邦分公司發行，民105
面 ； 公分. --（NIL；06）
譯自：初恋ソムリエ
ISBN 978-986-5651-49-7
861.57　　　102007743

獨步文化
APEX PRESS

廣　告　回　函
北區郵政管理登記證
台北廣字第000791號
郵資已付，免貼郵票

104台北市民生東路二段 141 號 5 樓

英屬蓋曼群島商家庭傳媒股份有限公司

城邦分公司

獨步文化　　收

請沿此虛線剪下，將活動卡對摺、黏貼後寄回即可

黏貼處

獨步文化 APEX PRESS

獨步十週年慶活動 Bubu 集點卡

東京來回機票 × 2017 年全套新書 × 限量款紀念背包
預約未知的閱讀體驗・挑戰真實的異國冒險

想見識日系推理場景卻永遠都差一張機票？
想閱讀的時候書櫃剛好就缺一本推理小說？
想珍藏「十週年紀念限量款」Bubu 後背包？

首獎
日本東京來回機票

三個願望，今年 Bubu 一次幫你實現！
集滿三枚點數就可參加抽獎，每季抽出，集越多中獎機率越大！

首獎：日本東京來回機票乙張 2 名（長榮航空經濟艙來回機票，價值約 NT 40,000 元）
二獎：獨步 2017 年新書全套　每季 5 名（總價約 NT 14,000 元）
三獎：Bubu 十週年紀念限量帆布包　每季 5 名（價值約 NT 3,000 元）

二獎
獨步 2017 年新書全套

【活動辦法】

・即日起至 2016 年 12 月 31 日止，獨步每月新書後面皆附有本張「獨步十週年慶活動 Bubu 集點卡」乙張及 Bubu 貓點數 1 枚，**月重點書則有 2 枚**（請見集點卡右下角）！
・將 Bubu 貓點數剪下貼於本張活動集點卡，集滿「三枚」並填寫個人資料後寄出，即可參加獨步十週年慶抽獎活動！（集點卡採【累計制】，每一張尚未被抽中的集點卡都可以再參加下一季的抽獎，寄越多，中獎機率越高喔！）
・二獎和三獎於 2016 年 4 月、7 月、10 月及 2017 年 1 月的 15 日公開抽獎。
・首獎於 2017 年 1 月 15 日抽出。（活動於 2016 年 12 月 31 日截止，郵戳為憑）

三獎
Bubu 十週年紀念限量帆布包

◆ 詳細活動規則請見獨步文化部落格：http://apexpress.blog66.fc2.com/
◆「每月重點主打書籍」與「活動得獎名單」將於獨步文化部落格、獨步臉書粉絲團公布。
◆ 2017 年新書將於每月 15 日寄出給中獎者。

【Bubu 點數黏貼處】

請沿此虛線剪下，將活動卡對摺、黏貼後寄回即可

【聯絡資訊】（煩請以正楷填寫以下資料，以免因字跡辨識困難導致贈品寄送過程延誤）

姓名：＿＿＿＿＿＿＿＿　年齡：＿＿＿＿　性別：□男　□女

電話：＿＿＿＿＿＿＿＿　E-mail：＿＿＿＿＿＿＿＿

獎品寄送地址：＿＿＿＿＿＿＿＿

【個人資料蒐集告知事項】為提供訂購、行銷、客戶管理或其他合於營業登記項目或章程所定業務需要之目的，家庭傳媒集團（即英屬蓋曼群島商家庭傳媒股份有限公司城邦分公司、城邦文化事業股份有限公司、書虫股份有限公司、墨刻出版股份有限公司、城邦原創股份有限公司），於本集團之營運期間及地區內，將以 mail、傳真、電話、簡訊、郵寄或其他公告方式利用您提供之資料（資料類別：C001、C002、C003、C011 等）。利用對象除本集團外，亦可能包括相關服務的協力機構。如您有依個資法第三條或其他需服務之處，得洽詢本公司服務信箱 cite_apexpress@cite.com.tw 請求協助。

□ **我已詳讀權利義務之相關條款，並同意遵守。**

黏貼處

【注意事項】1. 本活動限臺澎金馬地區讀者參與。 2. 參加者請務必留下有效郵寄地址，若贈品無法投遞，又無法聯絡到本人，恕視同棄權。 3. 本活動卡及 Bubu 點數影印無效。 4. 欲看贈品實物圖請上獨步部落格：http://apexpress.blog66.fc2.com/ 5. 抽獎贈品將以郵局掛號方式寄出，得獎訊息將會於獨步文化部落格、獨步臉書粉絲團公告。

歡迎加入獨步臉書粉絲團

獲得最快最新的出版資訊！Bubu 在臉書等你呦～
獨步粉絲團：https://www.facebook.com/APEXPRESS

◀歡迎剪下我